이방인

L'Étranger

이방인

L'Étranger

1부

I

오늘 어머니가 돌아가셨다. 어쩌면 어제였는지도 모른다. 양로원에서 온 전보를 받았다.

'모친 사망. 내일 장례식. 조의를 표함.'

이것만으로는 아무것도 알 수 없다. 어제였는지도 모르겠다.

양로원은 알제에서 80킬로미터 떨어진 마랭고에 있다. 두 시에 버스를 타면 어두워지기 전에 도착할 수 있을 것이다. 거기서 밤을 샌 뒤 내일 저녁이면 돌아올 수 있으리라. 사장에게 이틀만 휴가를 달라고 했다. 이유가 이유인지라 그는 거절하지 못했다. 하지만 썩 내키지는 않는 듯했다. 그래서 나는 이런 말까지 했다.

"제 탓이 아니잖아요."

사장은 대답이 없었다. 차라리 말하지 말걸 그랬다는 생각이 들었다. 사실 내가 변명할 필요는 없었다. 오히려 사장이 나를 위로해주어야 마땅한 일이었다. 아마도 모레, 상복 차림인 나를 보면 위로해줄 것이다. 하지만 지금으로선 어머니가 돌아가시지 않은 것이나 마찬가지다. 장례를 치르고 나야 어머니의 죽음이 기정사실화되고, 모든 것이 공식적으로 받아들여질 터였다.

두 시에 버스를 탔다. 날씨가 무척 더웠다. 언제나처럼 셀레스트가 운영하는 식당에서 밥을 먹었다. 식당에 있던 사람들 모두 내게 위로를 건넸다. 셀레스트는 내게 이렇게 말하기도 했다.

"누구나 어머니는 한 분뿐이지."

내가 길을 나설 때 모두들 문 앞까지 배웅해주었다. 나는 정신이 좀 없었다. 에마뉘엘 집에 들러 검은 넥타이와 완장을 빌려야 했기 때문이다. 에마뉘엘의 삼촌도 몇 달 전에 돌아가셨다.

버스를 놓칠까봐 뛰어갔다. 서둘러 달려간 데다 버스는 덜컹대고, 기름 냄새가 진동하고, 도로와 하늘에서 반사된 빛이 들어오는 바람에, 나는 잠이 들고 말았다. 거의 도착할 때까지 잠들어 있었다. 깨어보니 나는 어떤 군인의 몸에 기대어 있었고 그는 미소를 지으며 내게 멀리서 왔느냐고 물었다. 나는 더 이상 대화가 이어지는 것이 싫어 그냥 "예"라고 대답했다.

양로원은 마을에서 2킬로미터 떨어진 곳에 있었다. 나는 걸어서 양로원까지 갔다. 곧장 어머니를 보고 싶었지만 수위가 원장을 먼저 만나야 한다고 했다. 원장이 바빠서 조금 기다려야 했는데, 그동안 수위는 줄곧 말을 했다. 이윽고 원장을 만났다. 그는 자신의 사무실로 나를 불렀다. 레지옹 도뇌르 훈장을 단 키 작은 노인이었다. 그가 맑은 눈으로 나를 바라보았다. 그러고는 악수를 했는데 손을 어찌나 오래 잡고 있던지, 어떻게 빼야 할지 난감할 지경이었다. 원장은 서류를 뒤적이다 이렇게 말했다.

"뫼르소 부인은 삼 년 전에 여기 들어오셨죠. 의지할 사람은 당신밖에 없었고요."

나를 비난하려는 것 같아 사정을 설명하려 하자 그는 내 말을 끊으며 말했다.

"변명할 필요 없어요, 젊은 양반. 이미 어머님의 서류를 다 훑어보았습니다. 아드님도 어머님을 부양할 수 없는 상황이었더군요. 어머님을 돌봐줄 사람이 필요했지만 아드님 벌이도 시원찮았으니 말입니다. 결국 어머님은 여기서 지내시는 편이 더 행복하셨을 겁니다."

"네, 원장님."

원장은 이렇게 덧붙였다.

"어머님은 여기서 지난 시절 이야기를 나눌 동년배 친구들도 사귀셨어요. 아드님은 아직 젊으니 같이 살았다면 오히려 더 적적해하셨겠지요."

사실이다. 집에 계실 때 어머니는 묵묵히 나를 바라보기만 하셨다. 양로원에 들어가고 나서 며칠 동안은 자주 우셨다. 우는 것은 어머니의 습관이었다. 몇 달 뒤 양로원에서 집으로 모셔온다고 했더라도 우셨을 것이다. 그것도 습관 때문이다. 최근 몇 년 동안 어머니를 거의 찾아오지 않은 데는 그런 이유도 있었다. 게다가 여기에 오려면 휴일을 빼앗겨야 했다. 정류장까지 가서 표를 끊고 두 시간 동안 차를 타는 건 그렇다 치더라도 말이다.

원장이 말을 이어나갔지만 나는 듣는 둥 마는 둥 했다. 그러자 원장이 말했다.

"어머니를 뵙고 싶으실 테지요."

내가 아무 말 없이 자리에서 일어서자 그는 나를 문 쪽으로 안내했다. 원장은 계단에 서서 이렇게 말했다.

"고인을 작은 빈소로 옮겼습니다. 다른 분들을 자극하지 않기 위해서지요. 누구 하나 세상을 뜰 때마다 이삼 일씩 노인분들 신경이 곤두서 있는데, 그러면 돌보기가 더 힘들어진답니다."

원장과 나는 노인들이 삼삼오오 무리 지어 이야기하고 있는 뜰을 가로질러 갔다. 우리가 다가가면 조용해졌다가 지나가면 다시 말이 이어졌다. 재잘대는 앵무새들 같았다. 작은 건물 문 앞에 다다르자 원장이 말했다.

"뫼르소 씨, 나는 이제 가보겠습니다. 사무실에 있을 테니 필요하면 들르세요. 원칙적으로 장례식은 내일 아침 열 시에 치를 겁니다. 밤새하실 것을 생각해서 그렇게 정했지요. 마지막으로 말씀드릴 것은, 어머님이 장례식을 종교식으로 해주었으면 한다는 뜻을 친구분들에게 가끔 내비치셨던 모양입니다. 필요한 준비는 제가 다 해놓았지만 그래도 미리 알려드리고 싶어서요."

나는 원장에게 고맙다고 인사했다. 어머니는 생전에 무신론자까지는 아니었지만, 종교에 대해 생각하신 적은 없었다.

안으로 들어섰다. 하얗게 바른 석회와 채광창 때문에 방이 매우 밝았다. 의자와 엑스 자 모양 버팀대들이 놓여 있었다. 그중 방 가운데 있는 두 개의 버팀대 위에 닫힌 관이 놓여 있었다. 호두 기름을 칠한 관 뚜껑 위로 번쩍거리는 나사못을 대충 박아놓은 것이 보였다. 관 옆에는 흰 가운을 입고 머리에 짙은 색 스카프를 두른 아랍인 간호사가 있었다.

그때 막 수위가 내 뒤를 따라 들어왔다. 뛰어온 모양이었다. 그는 약간 더듬거리며 말했다.

"입관했지만 보실 수 있게 나사를 풀어드리겠습니다."

그러면서 관으로 다가가기에 그를 말렸다. 그가 말했다.

"안 보실 거예요?"

"네, 안 보겠습니다."

내 대답에 그는 말을 잇지 못했다. 그렇게 말하지 말았어야 했다는 생각에 불편해졌다. 잠시 후 그는 나를 바라보며 물었다.

"왜요?"

비난하는 말투는 아니었고 그저 이유나 알자는 것 같았다.

"저도 모르겠어요."

그러자 그는 손으로 흰 수염을 꼬면서 나를 쳐다보지 않은 채 말했다.

"이해합니다."

수위는 옅은 푸른색의 아름다운 눈을 갖고 있었고, 얼굴빛이 살짝 붉었다. 그는 내게 의자를 권하고는 자기도 내 뒤편으로 약간 떨어져 앉았다. 간호사가 일어나 문으로 향했다. 그 순간 수위가 말했다.

"종기가 나서 저래요."

무슨 말인지 몰라 간호사를 쳐다보니, 눈 밑부터 머리 전체를 붕대로 감고 있었다. 코언저리는 붕대가 평평했다. 그녀의 얼굴에서는 흰 붕대만 보였다.

간호사가 자리를 뜨자 수위가 말했다.

"혼자 계시도록 저는 이만 가보겠습니다."

내가 어떤 몸짓을 했는지 몰라도 수위는 나가지 않고 그 자리에 멈춰 서 있었다. 등 뒤에 누가 있다는 것이 무척 거북했다. 방에는 아름다운 석양이 가득 비치고 있었다. 말벌 두 마리가 창에 부딪치며 윙윙거렸다. 졸음이 몰려왔다. 나는 고개를 돌리지 않은 채 수위에게 말했다.

"여기 계신 지 오래됐나요?"

수위는 내 질문을 기다렸다는 듯이 바로 대답했다.

"오 년 되었습니다."

그다음부터 그는 말이 많아졌다. 누군가 그에게 마랭고의 양로원에서 수위로 일생을 마치게 될 것이라고 말했더라면 그는 매우 놀랐으리라. 그는 예순네 살이고 파리 출신이라고 했다. 나는 거기서 그의 말을 끊었다.

"아, 여기 출신이 아니셨군요."

그제야 원장 사무실로 안내하기 전, 수위가 어머니에 대해 했던 말이 떠올랐다. 산이 없는 평지에서는, 더구나 이 지방은 너무 더워서 빨리 매장해야 한다는 것이었다. 자기가 파리에서 살았으며, 파리를 쉽게 잊지 못한다고 말한 것도 그때였다. 파리에서는 사나흘 동안 시체를 매장하지 않고 두는 경우도 있지만 여기는 매장을 서둘러야 하니, 죽음을 실감할 겨를도 없이 벌써 운구차를 따라가야 한다는 것이다. 그러자 수위의 부인이 말했다.

"여보, 그만하세요. 그건 이분한테 할 이야기가 아니죠."

수위가 얼굴을 붉히며 내게 사과했다. 내가 그들의 대화에 끼어들어 말했다.

"아닙니다. 괜찮습니다."

나는 그의 말에 일리가 있으며 재밌는 이야기라고 생각했다.

그 작은 빈소 안에서 수위는 내게 자기가 극빈자로 이 요양원에 들어오게 되었다고 말해주었다. 아직은 일을 할 수 있다는 생각에 수위로 지원했다고 한다. 나는 어찌됐든 그도 요양원 원생이 아니냐고 꼬집어 물었다. 그는 아니라고 대답했다. 사실 나는 그가 원생들을 '그들', '다른 사람들', 간혹 '노인들'이라고 불러서 적잖이 놀랐다. 원생들 중에는 그보다 나이가 어린 사람들도 있는데 말이다. 물론 그는 원생들과는 입장이 달랐다. 수위로서 어느 정도는 원생들을 그렇게 대할 권리가 있는 것이다.

그때, 간호사가 들어왔다. 순식간에 날이 저물었다. 채광창 위로 금세 밤이 드리워졌다. 수위가 불을 켜자 갑자기 빛이 쏟아져 앞이 캄캄했다. 그는 내게 구내식당에 가서 저녁식사를 하라고 권했다. 하지만 허기가 느껴지지 않았다. 그가 카페오레를 가져다주겠다고 말했다. 나는 워낙 카페오레를 좋아하는지라 그렇게 해달라고 부탁했다. 잠시 후 그가 쟁반을 받쳐 들고 돌아왔다. 나는 커피를 마셨다. 그러자 담배를 피우고 싶어졌다. 하지만 어머니 앞에서 피워도 되는지 망설여졌다. 생각해보니 안 될 것도 없을 것 같았다. 수위에게도 한 대 권하고 함께 피웠다.

갑자기 수위가 내게 말했다.

"어머님 친구분들이 오셔서 밤샘을 하실 겁니다. 늘 그렇게 해왔으니까요. 저는 가서 블랙커피와 의자를 갖다 놓겠습니다."

나는 그에게 전등을 하나만 끌 수 없겠냐고 물었다. 흰 벽에 빛이 반사돼서 눈이 피곤했기 때문이다. 수위는 그럴 수 없다고 했다. 전기 공사가 그렇게 되어 있어서 다 끄거나 다 켜야 한다는 것이었다. 그 후로는 수위에게 신경 쓰지 않았다. 그는 나갔다가 들어와서 의자들을 놓았다. 의자 하나에 커피포트를 올려놓고 그 옆에 잔을 쌓아놓았다. 그러고는 내 맞은편, 그러니까 어머니 시신 반대편에 가서 앉았다. 간호사는 나에게 등을 보인 채 구석에 앉아 있었다. 그녀가 무엇을 하는지 볼 수는 없었지만 팔이 움직이는 모습을 보니 뜨개질을 하는 것 같았다. 방 안은 훈훈했고 커피를 마셔서 몸도 따뜻해졌다. 열린 문틈으로 꽃과 밤의 향기가 흘러들어 왔다. 조금 졸았던 것 같기도 하다.

무언가 스치는 소리에 잠에서 깼다. 눈을 감고 있다가 뜨니 하얀 방이 더욱 눈부시게 느껴졌다. 모든 사물과 모서리, 곡선이 그림자 하나 없이 눈에 아리게 새겨질 정도로 뚜렷하게 보였다. 어머니 친구들이 들어온 것은 그때였다. 눈부신 빛 아래로 십여 명이 말없이 방으로 미끄러져 들어왔다. 의자 삐걱거리는 소리조차 내지 않고 모두들 조용히 앉았다. 나는 마치 사람을 처음 보는 것처럼 그들을 바라보았다. 그들의 얼굴이나 옷차림까지 빠짐없이 관찰했다. 하지만 목소리를 듣지 못했기 때문에 그들이 실제로 거기 있다는 것조차 믿기 어려웠다. 여자들은 거의 모두 앞치마를 두르고 있었는데 끈으로 허리를 졸라매서 배가 더 불룩해 보였다. 나이 든 여자들의 배가 어느 정도까지 나올 수 있는지 그 전까진 눈여겨본 일이 없었다. 남자들은 대부분 매우 야위었고 지팡이를 짚고 있었다. 놀랍게도 그들의 얼굴에서는 눈 대신 주름살에 파묻힌 희미한 빛만이 보였고, 이가 다 빠져 입술이 입안으로 오그라들어 있었다. 그들 대부분은 자리에 앉으면서 나를 바라보고 어색한 듯 고갯짓을 했는데, 내게 인사를 하는 건지 그냥 버릇인지 알 수 없었다.

아마 인사였던 것 같다. 그제야 나는 그들이 모두 내 맞은편 수위 주변에 모여 앉아 고개를 끄덕이고 있다는 사실을 깨달았다. 그들이 나를 심판하려고 여기에 와 있다는 어처구니없는 생각이 잠시 스쳐 갔다.

곧 한 여자가 울기 시작했다. 둘째 줄이라 앞사람들에 가려 모습이 잘 보이지 않았다. 그녀는 숨을 죽인 채 규칙적으로 흐느껴 울었다. 언제까지고 울음을 그치지 않을 것 같았지만, 다른 사람들에게는 그 소리가 들리지도 않는 모양이었다. 그들은 맥없이 침울한 얼굴을 한 채 묵묵히 앉아 있었다. 모두 관이나 자기들이 가져온 지팡이 혹은 다른 무엇인가를, 그러나 그저 그 한 가지만을 쳐다보고 있었다. 여자는 계속 울고 있었다. 나는 그 여자를 알지도 못했기 때문에 몹시 놀랐다. 울음소리를 그만 듣고 싶었다. 그렇다고 차마 그렇게 말할 수는 없었다. 수위가 여자에게 몸을 숙이고 말을 건넸다. 하지만 여자는 고개를 저으며 무언가를 중얼거렸고, 이내 그 한결같은 울음소리가 다시 시작되었다. 수위가 내 옆에 다가와 앉았다. 한참 시간이 흐른 뒤 그는 나를 바라보지 않은 채 말했다.

"어머님과 각별히 지내던 분이랍니다. 여기서 사귄 유일한 친구인데 이렇게 떠나신 겁니다."

우리는 그렇게 한동안 앉아 있었다. 여자의 한숨과 흐느낌이 잦아들었다. 그녀는 코를 계속 훌쩍거리더니 마침내 울음을 멈췄다. 나는 졸음은 달아났지만 피곤하고 허리가 아팠다. 그들의 침묵이 나를 고통스럽게 했다. 어쩌다 소리가 나긴 했지만 무슨 소리인지는 알 수 없었다. 몇몇 노인이 볼 안쪽을 빨아서 혀 차는 듯한 이상한 소리를 내는 것이라고 결론 내렸다. 그들은 깊은 생각에 잠겨 있어서 자기가 그런 소리를 내는지조차 알지 못하는 것 같았다. 그들에게는 방 한가운데 놓인 이 시체도 아무 의미가 없는 것인가 싶었다. 하지만 지금 돌이켜보니 그건 잘못된 생각이었다.

모두들 수위가 따라 주는 커피를 마셨다. 그 후의 일은 모르겠다. 날이 밝았다. 눈을 뜨니 노인들이 서로 포개져 자고 있는 모습이 보였다. 그중 한 사람만이 지팡이를 움켜쥔 손 위에 턱을 괸 채, 마치 내가 깨기만을 기다렸다는 듯 나를 뚫어지게 바라보고 있을 뿐이었다. 나는 다시 잠이 들었다가 허리 통증이 심해져서 깨어났다. 채광창으로 빛이 미끄러져 들어왔다. 잠시 후 한 노인이 깨서 심하게 기침을 했다. 그는 커다란 바둑판 무늬 손수건에 침을 뱉었는데, 뱉는 게 아니라 마치 잡아 뽑는 것처럼 보였다. 그가 다른 사람들을 깨웠다. 수위는 이제 그들이 돌아가야 할 시간이라고 말했다. 모두 자리에서 일어났다. 불편하게 밤을 샌 탓에 다들 얼굴이 잿빛이 되어 있었다. 놀랍게도 그들은 모두 밖으로 나가면서 내 손을 잡아주었다. 말 한마디 주고받지 않은 지난밤에 우리가 서로 친밀해지기라도 했다는 듯이.

나는 피곤했다. 수위가 자기 방으로 데려가준 덕에 대충 씻을 수 있었다. 맛있는 카페오레 한 잔을 마셨다. 방을 나섰을 때는 이미 해가 중천이었다. 마랭고와 바다 사이에 자리한 언덕 위 하늘이 붉게 물들어 있었다. 언덕 위로 부는 바람이 양로원까지 바다 냄새를 실어 날랐다. 아름다운 하루가 시작되려 하고 있었다. 교외로 나가본 지가 오래된 터라, 어머니 일만 아니라면 산책하기가 얼마나 즐거울까 하는 생각도 들었다.

나는 뜰에 있는 플라타너스 아래에서 기다렸다. 싱그러운 흙냄새를 들이마셨더니 잠이 다 달아났다. 회사 동료들이 생각났다. 일어나 출근 준비를 할 시간이었다. 내게는 늘 이 시간이 가장 힘들었다. 건물 안에서 울리는 종소리에 생각이 흩어졌다. 창 너머에서 잠시 소란이 일더니 이내 잠잠해졌다. 해가 더 높이 떠올랐다. 발이 뜨거워지기 시작했다. 수위가 뜰을 가로질러 와서 원장이 나를 찾는다고 알려주었다. 원장실로 갔더니 서류 몇 장에 사인을 하라고 했다. 원장은 줄무늬 바지에 검은 윗옷 차림이었다. 그는 손에 수화기를 든 채 내게 말했다.

"장의사 인부들이 좀 전에 도착했습니다. 이제 관을 봉하라고 할 겁니다. 그 전에 마지막으로 어머니를 보시겠습니까?"

나는 보지 않겠다고 말했다. 그가 수화기에 대고 낮은 목소리로 말했다.

"피자크, 인부들에게 일을 시작하라고 하게."

원장이 자기도 장례식에 참석할 것이라고 하기에 고맙다

고 했다. 그는 짧은 두 다리를 꼰 채 책상 뒤편에 앉아 있었다. 그와 나 그리고 간호사가 장례식에 참석할 것이라고 했다. 원칙적으로 원생들은 참석할 수 없었다. 그들에게는 밤샘만을 허락해준 것이다. 원장이 말했다.

"그건 인정상의 문제지요."

그러나 이번만은 어머니의 오랜 남자 친구가 장지까지 함께 갈 수 있도록 허락했다고 한다.

"토마 페레스 씨입니다."

원장이 빙그레 웃으며 말했다.

"이해하실 겁니다. 조금 어린애들 같은 감정이긴 하지만요. 두 분은 늘 붙어 다니셨어요. 원내에서 두 분을 놀리느라고 페레스 씨에게 '약혼자인가봐?' 하면 늘 웃으셨지요. 즐거우셨던 모양입니다. 그만큼 뫼르소 부인이 돌아가신 것에 충격이 크셨겠죠. 그래서 장례식 참석을 허락하지 않을 수 없었어요. 다만, 왕진 의사의 조언도 있고 해서 어제 밤샘은 못하시게 한 겁니다."

우리는 오랫동안 침묵을 지켰다. 원장이 자리에서 일어나 사무실 창문 밖을 바라보다 말했다.

"저기 마랭고의 신부님이 오시네요. 일찍 오셨구먼."

원장은 마을에 있는 성당까지 적어도 45분은 걸어야 한다고 일러주었다. 우리는 아래로 내려갔다. 건물 앞에는 신부와 복사(服事) 아이 둘이 있었다. 신부가 향로를 든 아이 쪽으로 몸을 굽히고 은줄의 길이를 조절하고 있었다. 우리가 도착하자 신부가 허리를 펴고 섰다. 그는 나를 '내 아들'(mon fils, 가톨릭 신부가 신도를 부를 때 쓰는 호칭—옮긴이)이라 부르며 내게 몇 마디 건넸다. 신부가 안으로 들어갔고 나도 그 뒤를 따랐다.

방에 들어서자 관 위의 나사가 바짝 조여져 있는 것이 한눈에 들어왔고, 검은 옷을 입은 남자 인부 넷이 보였다. 원장이 내게 영구차가 길에서 대기하고 있다고 말하는 동시에, 신부가 기도를 시작했다. 그때부터 모든 것이 순식간에 진행되었다. 인부들이 덮개 천을 들고 관으로 다가갔다. 신부와 그를 따르는 복사들, 원장과 내가 함께 길을 나섰다. 문 앞에 내가 모르는 어떤 부인이 서 있었다. 원장이 그녀에게 말했다.

"뫼르소 씨입니다."

부인의 이름은 듣지 못했지만 나는 그녀가 담당 간호사라는 걸 알아차렸다. 그녀는 웃음기 없이, 뼈가 앙상하게 드러난 길쭉한 얼굴을 숙여 보였다. 우리는 시신이 지나갈 수 있도록 나란히 비켜섰다. 그리고 관을 든 인부들을 따라 양로원에서 나왔다. 문 앞에 영구차가 대기하고 있었다. 길쭉한 모양에 니스 칠을 해서 번쩍거리는 것이 마치 필통 같았다. 차 옆에는 작은 키에 우스꽝스러운 옷차림을 한 진행자가 서 있었다. 그 옆에는 몸짓이 어색해 보이는 노인이 있었다. 나는 그가 페레스임을 알아차렸다. 그는 위가 둥글고 챙이 넓은 펠트 모자를 썼고(관이 문을 통과할 때는 모자를 벗었다), 바짓단이 구두 위로 돌돌 말려 있었으며, 희고 넓은 셔츠 깃에 비해 지나치게 작은 검은 넥타이를 매고 있었다. 주근깨가 다닥다닥 난 코 밑의 입술이 떨렸다. 귓바퀴가 심하게 말리고 축 늘어져 흉해 보이는 귀 위로 얇은 백발이 흘러내려와 있었다. 얼굴은 창백한데 귀는 핏빛에 가까워서 이상스러웠다. 진행자가 우리 자리를 지정해주었다. 신부가 앞장서고 영구차가 그 뒤를 따랐다. 차 옆에는 인부 네 명, 그 뒤로 원장과 나, 끝으로 담당 간호사와 페레스가 따라오기로 했다.

하늘은 이미 햇빛으로 가득 차 있었다. 빛이 땅 위로 무겁게 내리쬐기 시작했고 열기가 순식간에 더해졌다. 출발하기 전에 왜 그렇게 오래 기다렸는지 모를 일이었다. 나는 검은 옷을 입고 있었기 때문에 몹시 더웠다. 키 작은 노인이 다시 모자를 벗었다. 고개를 돌려 그를 보고 있었더니 원장이 내게 그에 대해 이야기했다. 어머니와 페레스는 저녁마다 간호사를 대동하고 마을까지 산책을 다녔다고 한다. 나는 주변의 벌판을 둘러보았다. 하늘과 맞닿을 듯 이어지는 언덕 위 실편백 숲이며, 검붉고 푸른 땅, 띄엄띄엄 흩어져 있는 그림 같은 집들을 보며 어머니의 마음을 이해할 수 있었다. 이곳에서 보내는 저녁 시간은 마치 서글픈 휴식과도 같았을 것이다. 오늘은 넘쳐나는 햇빛이 풍경을 몸서리치게 하면서, 비인간적이고 무기력한 분위기를 자아냈다.

우리는 걷기 시작했다. 페레스가 다리를 약간 절뚝거린

다는 걸 알 수 있었다. 영구차가 차츰 속도를 내자 그는 뒤처졌다. 차 곁에서 걷던 인부들 가운데 한 사람도 뒤처져서 나와 나란히 걷고 있었다. 태양이 하늘 한가운데로 얼마나 빨리 떠오르는지 그저 놀라울 따름이었다. 벌써 한참 전부터 벌판에서 윙윙대는 벌레 소리와 바스락거리는 풀잎 소리가 들렸다. 뺨 위로 땀이 흘렀다. 나는 모자가 없어서 손수건으로 부채질했다. 그때 인부가 말을 걸어왔지만 나는 알아듣지 못했다. 그는 오른손으로 모자챙을 들어 올리고, 왼손에 든 손수건으로 이마를 닦았다. 나는 그에게 물었다.

"뭐라고 하셨어요?"

그가 하늘을 가리키며 다시 말했다.

"찌는 날씨라고요."

"그러네요."

잠시 후, 그가 내게 물었다.

"저기 계신 분이 당신 어머니요?"

"네."

"연세가 많으신가요?"

"그렇죠, 뭐."

나는 어머니의 정확한 나이를 몰랐기 때문에 그렇게 대답했다. 그는 더 이상 말이 없었다. 뒤를 보니 페레스가 50여 미터 뒤에서 손에 잡은 모자를 흔들며 걸음을 재촉하고 있었다. 원장의 모습도 보였다. 그의 움직임에는 군더더기가 전혀 없었고, 아주 점잖게 걷고 있었다. 이마에 땀방울이

맺혀 있었으나, 그는 굳이 닦지 않았다.

운구 행렬이 조금 빨라진 것 같았다. 사방에 햇빛을 머금고 빛나는 벌판뿐이었다. 하늘에서 참을 수 없을 만큼 강한 햇빛이 쏟아져 내렸다. 어느 순간 우리는 새로 포장된 길을 지나게 되었다. 뜨거운 햇볕에 아스팔트 길이 녹아 있었다. 발자국이 찍히면서 짓이겨진 아스팔트가 번들거렸다. 영구차 위로 보이는 마부의 가죽 모자는 마치 이 검은 역청으로 빚어낸 것 같았다. 푸르고 흰 하늘과 짓이겨진 아스팔트의 끈적이는 검은빛, 생기 없는 검은 옷들, 니스를 칠한 영구차의 검은빛, 이런 단조로운 빛깔들 속에서 나는 정신이 멍해졌다. 햇빛, 영구차에서 나는 가죽 냄새와 말똥 냄새, 니스칠 냄새, 향냄새, 불면으로 인한 피로, 이 모든 것이 내 눈과 머리를 어지럽혔다. 나는 다시 뒤를 돌아보았다. 구름처럼 드리운 열기에 휩싸여 페레스가 저만치 멀리 나타났다가는 다시 사라졌다. 여기저기 둘러보며 그를 찾았다. 그가 길을 벗어나 벌판을 가로지르는 모습이 보였다. 내 앞쪽으로 길이 굽어 있는 것이 보였다. 이 지역을 잘 아는 페레스는 우리를 따라잡으려고 지름길로 접어든 것이었다. 길이 굽어지는 지점에서, 그는 우리와 합류했다. 그러고 난 뒤에 또 그가 보이지 않았다. 그는 다시 벌판을 가로질렀고 그러기를 여러 차례 되풀이했다. 나는 관자놀이에서 피가 뛰는 것을 느꼈다.

그 이후에는 모든 일이 매우 빠르고 확실하게, 또 자연스럽게 진행되었기 때문에 특별히 인상적이었던 것은 없다. 한 가지 기억에 남은 것은 마을 어귀에서 담당 간호사가 내게 했던 말이었다. 그녀는 얼굴과 어울리지 않는 독특한 목소리를 가지고 있었다. 떨리면서도 선율이 살아 있는 목소리.

"천천히 걸으면 일사병에 걸릴 수도 있어요. 그렇다고 너무 빨리 가면 땀이 나서 성당에 들어갔을 때 오한이 난답니다."

맞는 말이었다. 빠져나갈 구멍이 없었다. 그날에 대해 기억하는 것이 몇 가지 더 있다. 페레스가 마지막으로 마을 근처에서 우리 행렬을 따라잡았을 때, 짜증과 피로로 인한 굵은 눈물이 그의 뺨을 적시고 있었다. 그러나 주름 때문에 흘러내리지는 않았다. 그의 주름진 얼굴 위에서 눈물이 여기저기 흐르다 다시 모여 번들거렸다. 그리고 또 기억나는 것들. 성당, 인도 위에 서 있던 마을 주민들, 묘지 위에 놓인 빨간 제라늄, 페레스의 기절(마치 꼭두각시가 부서지듯), 어머니의 관 위로 굴러 떨어지던 핏빛 흙, 그 속에 얽혀 있던 흰 나무뿌리, 사람들, 목소리들, 마을, 카페 앞에서의 기다림, 끊임없는 엔진 소리, 버스가 빛의 둥지인 알제 시에 다다랐을 때 이제는 열두 시간 정도 실컷 잘 수 있겠다고 생각하며 내가 느낀 기쁨.

2

잠에서 깨어났을 때, 내가 이틀간 휴가를 신청하자 왜 사장이 언짢은 표정을 지었는지 깨달았다. 오늘이 바로 토요일이었기 때문이다. 잊고 있었는데 잠에서 깨면서 불현듯 떠올랐다. 사장은 내가 자연스럽게 일요일까지 나흘간 쉬게 된다는 사실을 알았을 테니 흡족할 리 없었던 것이다. 그러나 한편으로 생각해보면 오늘 말고 어제 어머니의 장례를 치른 것이 내 탓은 아니지 않은가. 또 한편으로 어차피 토요일, 일요일은 휴무이기도 하다. 물론 그렇다고 사장의 심정을 이해할 수 없는 것은 아니다.

전날 피로가 쌓인 탓에 오늘은 일어나기가 무척 힘들었다. 면도를 하는 동안 오늘은 무엇을 할까 고민하다가 해수욕을 하러 가기로 했다. 전차를 타고 항구 해수욕장으로 갔다. 난 바닷물 속으로 뛰어들었다. 젊은이들이 많았다. 전에 같은 회사에서 타이피스트로 일하던 마리 카르도나를 그곳에서 다시 만났다. 나는 당시 그녀에게 호감을 갖고 있었는데 그녀 역시 그런 것 같았다. 하지만 얼마 안 되어 그녀가 회사를 그만두는 바람에 만날 기회가 없었던 것이다. 그녀가 부낭 위로 올라가는 것을 도와주다 내 손이 그녀 가슴에 스쳤다. 그녀가 부낭 위에 배를 깔고 엎드렸을 때도 나는 그냥 물속에 있었다. 그녀가 내 쪽으로 몸을 돌렸다. 머리카락이 눈 앞에 흘러내린 모습으로 웃고 있었다. 나도 부낭 위로 힘껏 기어올랐다. 기분이 좋았다. 장난스럽게 머리를 뒤로 젖혀 그녀의 배 위에 기댔다. 그녀가 별 말이 없어서 나는 그대로 있었다. 온 하늘이 한눈에 들어왔다. 파란 하늘에 황금빛이 돌고 있었다. 내 목덜미 밑에서 마리의 배가 오르락내리락하는 것이 느껴졌다. 우리는 그렇게 오랫동안 부낭 위에서 어렴풋이 잠들어 있었다. 햇볕이 너무 따가워지자 마리가 물속으로 뛰어들었고 나도 그 뒤를 따랐다. 그녀를 따라가 팔로 그녀의 허리를 감고 같이 헤엄쳤다. 마리는 계속 웃고 있었다. 둑 위로 올라와 몸을 말리면서 그녀가 말했다.

"내 살이 더 많이 탔네요."

저녁에 같이 극장에 가지 않겠느냐고 그녀에게 물었다. 그녀는 웃으며 페르낭델(프랑스의 대표적인 희극배우—옮긴이) 주연의 영화를 보고 싶다고 말했다. 옷을 입고 나서 내가 검은 넥타이를 맨 모습을 보자 마리는 매우 놀라며 상을 당했느냐고 물었다. 나는 어머니가 돌아가셨다고 대답했다. 언제부터인지 묻기에 "어제부터"라고 대답했다. 그녀는 약간 흠칫했을 뿐 별다른 말은 하지 않았다. 내 탓이 아니라고 말하려다, 사장에게도 그렇게 말했던 적이 있었다는 생각에 그만두었다. 그런 말을 해봤자 무의미한 일이었다. 누구에게나 어느 정도의 잘못은 있지 않은가.

저녁때가 되자 마리는 모든 것을 잊은 듯했다. 영화는 재미있는 부분도 있었지만 대체로 시시했다. 마리가 자기 다리를 내 다리에 밀착했고, 나는 그녀의 가슴을 어루만졌다. 영화가 끝날 무렵 키스를 했지만 조금 어색했다. 영화관을 나와서 그녀와 함께 우리 집으로 왔다.

눈을 떴을 때, 마리는 가고 없었다. 이모 댁에 가야 한다고 했었다. 일요일이라는 걸 깨닫자 따분해졌다. 나는 일요일을 좋아하지 않는다. 그래서 침대로 돌아가 마리가 베개에 남기고 간 소금기 냄새를 맡으며 뒤척거리다가 열 시까지 자버렸다. 그리고 정오까지 침대에 누운 채 담배를 피웠다. 평소처럼 셀레스트네 식당에서 아침을 먹고 싶진 않았다. 틀림없이 사람들이 내게 질문을 던질 것 같아서였다. 나는 계란프라이를 해서 포크도 없이 접시에 입을 대고 먹었다. 빵이 다 떨어졌지만 사러 내려가기가 싫었다.

점심을 먹고 나니 무료해져서 아파트 안을 서성였다. 어머니가 계실 때는 적당한 크기의 집이었다. 나 혼자 지내기에는 너무 커서 주방에 있던 식탁을 내 방으로 옮겨올 수밖에 없었다. 나는 이 방 안에서, 조금 내려앉은 짚의자들과 누렇게 변색된 거울이 달린 옷장, 화장대 그리고 구리 침대 사이에서 살고 있었다. 나머지 집기들은 그냥 내버려두었다. 특별히 할 일도 없어서 오래된 신문을 집어 들고 읽었다. 크뤼셴의 소금 광고를 오려서, 재미있는 기사를 스크랩해두는 낡은 공책에 붙였다. 나는 손을 씻고, 발코니에 나가 앉았다.

내 방은 변두리의 간선 도로를 향해 나 있었다. 오후 날씨는 화창했다. 그러나 포장된 길은 진득거렸고, 몇 안 되는 행인들이 걸음을 재촉하고 있었다. 산책 나온 가족이 보였다. 바지 자락이 무릎 아래까지 내려오는, 뻣뻣해서 거북해 보이는 해군복 차림의 소년 둘과 커다란 분홍 리본을 달고 검은 에나멜 구두를 신은 소녀, 그 뒤로 밤색 실크 옷을 입은 덩치 큰 여자와 언젠가 본 적 있는 키 작고 홀쭉한 남자가 걸어갔다. 남자는 밀짚모자를 쓰고 나비넥타이를 맨 채 지팡이를 짚고 있었다. 부인과 나란히 있는 걸 보니 동네 사람들이 왜 그를 '점잖은 사람'이라고 하는지 알 것 같았다. 얼마 지나지 않아 변두리에 사는 젊은이들이 지나갔다. 그들은 머리에 기름칠을 하고 붉은 넥타이를 매고 허리가 잘록한 양복저고리에 수놓은 손수건을 꽂고 코가 네모난 구두를 신고 있었다. 시내로 영화를 보러 가는 모양이었다. 이렇게 이른 시간에 큰 소리로 웃으며 전차를 타려고 서두르는 것을 보면 말이다.

그들이 지나간 후로 점점 인적이 뜸해졌다. 곳곳에서 공연이 시작된 모양이었다. 상점 주인들과 고양이들만 길에 남아 있었다. 길가에 늘어선 무화과나무들 위로 보이는 하늘은 맑았으나 광채가 없었다. 길 건너 담배 가게 주인이 가게 앞에 의자 하나를 내놓더니, 등받이 위에 두 팔을 괴고 거꾸로 앉았다. 좀 전까지만 해도 붐비던 전차가 이제는 거의 비어 있었다. 담배 가게 옆에 있는 작은 카페 '피에로'에서는 종업원이 텅 빈 가게 바닥을 쓸고 있었다. 틀림없는 일요일이었다.

나는 담배 가게 주인처럼 의자를 돌려놓았다. 그게 더 편해 보였기 때문이다. 담배 두 대를 피우고는 방 안으로 들어가 초콜릿 한 조각을 들고 창가로 와서 먹었다. 오래지 않아 하늘이 어두워졌다. 소나기가 오려나보다 했지만 하늘이 조금씩 개기 시작했다. 그래도 비를 머금은 구름이 지나는 바람에 거리에는 어둠이 내리고 있었다. 나는 오랫동안 그 자리에서 하늘을 바라보았다.

다섯 시가 되자 요란한 소리를 내며 전차들이 달려왔다. 교외 경기장에서 돌아오는 구경꾼들을 발판이며 난간에까지 매달고 들어오는 것이었다. 그다음 전차에는 운동선수들이 타고 있었다. 그들이 손에 든 작은 가방을 보고 운동선수임을 알 수 있었다. 그들은 자기 팀이 결코 지지 않을 거라고 목청껏 소리치며 노래를 불렀다. 몇몇은 내게 손을 흔들기도 했다. 그중 한 명은 "우리가 이겼다"라고 소리쳤다. 나는 '알겠다'라는 표시로 고개를 끄덕였다. 그 뒤로 자동차들이 몰려오기 시작했다.

해가 조금 더 기울었다. 지붕 위 하늘이 불그스름해지고 땅거미가 지기 시작하자 거리는 활기를 띠었다. 산책 나간 사람들이 조금씩 되돌아오고 있었다. 그 점잖은 남자도 눈에 띄었다. 아이들은 울거나 억지로 끌려오고 있었다. 얼마 지나지 않아 동네 영화관들에서 관객들이 쏟아져 나왔다. 그 가운데 몇몇 젊은이들이 보통 때보다 더 단호한 몸짓을 하고 있는 것을 보니 모험 영화를 본 모양이었다. 잠시 후 시내 영화관에 갔던 사람들이 돌아오기 시작했다. 그들의 표정은 한결 심각했다. 잠깐씩 웃긴 했지만 피곤해 보였고, 생각에 잠긴 듯한 표정이었다. 그들은 맞은편 인도 위를 서성였다. 모자를 쓰지 않은 동네 아가씨들 몇 명이 서로 팔짱을 끼고 지나갔다. 젊은 남자들이 일부러 그 옆을 지나치며 농담을 건네자 아가씨들은 고개를 돌리며 웃었다. 그 가운데 아는 여자들 몇몇이 내게 손짓을 했다.

그때 갑자기 가로등이 켜지면서, 어두운 밤하늘에 나타나기 시작한 별들이 흐릿해졌다. 그렇게 사람과 빛으로 가득한 거리를 바라보자니 눈이 피로해졌다. 가로등은 눅눅해진 보도를 비추고, 일정한 간격으로 들어오는 전차들은 반짝이는 머리칼과 웃음 띤 얼굴들 또는 은팔찌 위로 불빛을 던졌다. 이윽고 전차가 뜸해지고 깊은 어둠이 가로수와 가로등 위로 내려앉았다. 인적이 끊겨 다시 쓸쓸해진 길을 고양이가 천천히 가로질러 갔다. 그제야 저녁을 먹어야겠다는 생각이 들었다. 오랫동안 의자 등받이에 턱을 괴고 있었더니 목이 조금 아팠다. 거리로 나가 빵과 파스타를 사왔다. 저녁을 해서 선 채로 먹었다. 창가에서 담배나 한 대 피우고 싶었지만 바깥 공기가 쌀쌀했다. 창문을 닫고 방으로 돌아오는데, 테이블 끝에 알코올램프와 빵 조각이 놓여 있는 것이 거울 속에 비쳐 보였다. 그렇게 또 한 번의 일요일이 지나갔고, 어머니의 장례식도 끝이 났으며, 직장도 다시 나갈 것이고, 결국 달라진 것은 아무것도 없다고 나는 생각했다.

3

오늘은 회사 일이 많았다. 사장은 내게 친절히 대해주었다. 너무 피곤하지는 않은지, 어머니 연세는 어떻게 되시는지 물었다. 나는 틀리지 않으려고 "한 예순 되셨습니다"라고 대답했다. 왜 그런지 모르겠지만, 사장은 한시름 덜은 듯했고 그건 이미 지난 일이라고 생각하는 눈치였다.

내 책상 위에는 선하증권이 산더미처럼 쌓여 있었는데 하나하나 살펴봐야 했다. 점심식사를 하러 나가기 전에 손을 씻었다. 나는 정오의 이 시간을 좋아했다. 저녁에는 손 씻는 시간이 별로 달갑지 않았다. 화장실에 걸어놓은 수건이 종일 사용한 탓에 축축해져 있기 때문이다. 어느 날 사장에게 그 얘기를 한 적이 있었다. 사장은 자기도 유감이긴 하지만, 중요한 문제는 아니라고 했다. 나는 조금 늦게, 열두 시 반쯤 발송과에서 일하는 에마뉘엘과 함께 식사하러 나왔다. 사무실이 바다를 향해 있어서, 우리는 잠시 햇빛이 이글거리는 항구에 정박된 화물선들을 바라보며 넋을 놓고 있었다. 그때 요란한 쇠사슬 소리와 엔진 소리를 내며 화물차 한 대가 도착했다. 에마뉘엘이 내게 "잡아탈까?"라고 물었고, 나는 뛰기 시작했다. 화물차가 우리를 지나쳐 갔고 우리는 그 뒤를 따라 달렸다. 나는 소음과 먼지로 뒤덮였다. 내 눈에는 아무것도 보이지 않았다. 다만 권양기와 다른 기계들, 수평선 위에서 춤추는 돛대와 우리 옆을 지나치는 선체들 한가운데를 마구 달리는 육체의 약동을 느낄 뿐이었다. 내가 먼저 화물차에 발을 올리고 뛰어올랐다. 그리고 에마뉘엘이 기어오르도록 도와주었다. 숨이 턱까지 찼다. 화물차는 부두의 울퉁불퉁한 보도 위로, 먼지가 자욱한 햇빛 속을 달리고 있었다. 에마뉘엘은 숨이 넘어가도록 웃었다.

우리는 땀에 흠뻑 젖은 채 셀레스트네 식당에 도착했다. 언제나 그렇듯 셀레스트는 흰 수염에 불룩 나온 배, 그 위에 앞치마를 두른 모습으로 거기 있었다. 그는 내게 "그래, 좀 괜찮나?" 하고 물었다. 나는 괜찮다고, 그리고 배가 고프다고 말했다. 나는 얼른 먹고 나서 커피를 마셨다. 그러고는 집에 잠깐 들렀는데 와인을 너무 많이 마신 나머지 잠이 들어버렸다. 잠에서 깨니 담배가 피우고 싶었다. 시간이 늦어져서 달려가 전차를 잡아탔다. 오후 내내 일을 했다. 사무실 안은 몹시 더웠다. 퇴근길에 부둣가를 천천히 걸어올 수 있어서 기뻤다. 하늘은 초록빛이었고 기분이 좋았다. 그래도 삶은 감자 요리를 해 먹을 생각에 바로 집으로 돌아왔다.

컴컴한 계단을 오르다 같은 층에 사는 살라마노 영감과 부딪혔다. 영감 옆에는 개도 있었다. 8년 전부터 영감과 개는 늘 함께였다. 스패니얼 종의 그 개는 습진 때문인지 털은 털대로 다 빠지고, 온몸은 갈색 딱지와 반점투성이였다. 좁은 방에서 개와 단둘이 살아서 그런지 영감은 개와 닮아 있었다. 영감의 얼굴에는 불그스름한 검버섯이 피었고, 털도 누렇고 성기다. 개도 구부정한 주인을 닮아 목을 쭉 빼고 주둥이를 내밀고 다녔다. 그들은 아무래도 동일한 족속 같은데 서로를 미워한다. 열한 시와 여섯 시, 이렇게 하루에 두 번 영감은 개를 데리고 산책을 나선다. 8년 전부터 계속 같은 길로 다닌다. 늘 리옹 거리에서 그들을 볼 수 있는데, 개가 노인을 끌고 가다가 결국 영감의 발부리가 무언가에 걸리고 만다. 그러면 영감은 개를 때리고 욕지거리를 한다. 개는 무서워서 기면서 질질 끌려간다. 이제는 영감이 개를 끌고 갈 차례다. 조금 전 일을 잊고 개가 다시 주인을 끌면, 개는 또 맞고 욕을 듣게 되는 것이다. 이쯤 되면 가던 길을 멈추고 개는 공포에 떨고 주인은 화가 나서 노려본다. 매일같이 그 모양이다. 개가 오줌이라도 싸려 하면 영감은 그 꼴을 못 보고 줄을 잡아당겨 결국 그 스패니얼은 찔끔찔끔 오줌 방울을 흘리며 따라간다. 개가 방 안에서 오줌을 싸기라도 하면 또 얻어맞는다. 8년째 계속되는 일상이다. 셀레스트는 늘 '안됐다'고 말하지만 사실 속사정은 아무도 모른다. 계단에서 살라마노 영감과 마주쳤을 때 그는 또 개한테 욕을 퍼붓고 있었다. "빌어먹을, 고얀 놈!"이라고 야단을 치니 개가 끙끙댔다. "안녕하세요?" 하고 인사해보았지만 영감은 욕을 퍼붓고만 있었다. 개가 무슨 일을 저질렀냐고 물으니 대답이 없었다. 그저 "빌어먹을, 고얀 놈!"이라고 할 뿐이었다. 그는 개 쪽으로 몸을 굽히고 목걸이에 달린 무언가를 고쳐주고 있는 것 같았다. 나는 더 크게 말했다. 그러자 영감이 돌아보지도 않은 채 복받치는 화를 억누르듯 말했다.

"아니, 안 가고 이러고 있다니까!"

그러고는 개를 잡아끌고 가버렸다. 개는 네 발로 버틴 채 질질 끌려가며 끙끙거렸다.

바로 그때, 같은 층에 사는 또 다른 이웃이 들어왔다. 동네에서는 그가 여자들을 등쳐 먹고 산다고들 했다. 그러나 그에게 무슨 일을 하느냐고 물으면 '창고 관리인'이라고 대답했다. 대체로 그를 좋아하는 사람은 없었다. 하지만 그는 이따금 우리 집에 들러 이야기도 하고 잠시 머물기도 했다. 내가 이야기를 들어주기 때문이다. 그가 하는 이야기들은 꽤 재미있었다. 그리고 사실 그와 말을 섞지 않을 이유가 전혀 없기도 했다. 그의 이름은 레몽 생테스다. 키는 작아도 어깨가 딱 벌어졌고 코는 권투선수처럼 생겼다. 옷차림은 언제나 말쑥했다. 그도 살라마노 영감에 대해 "참 안됐어요"라고 말했다. 그 꼴을 보면 혐오감이 들지 않느냐고 묻기에, 나는 그렇지 않다고 대답했다.

그와 같이 계단을 올라 막 헤어지려 할 때 그가 말했다.

"저희 집에 소시지랑 와인이 좀 있는데 같이 드실래요?"

따로 식사 준비를 하지 않아도 되겠다 싶어서 그러기로

했다. 그의 집도 방 하나에 창문 없는 부엌이 전부였다. 침대 머리맡에는 흰색과 분홍색의 천사 석고상과 운동선수들의 사진, 여자 나체 사진 두세 장이 붙어 있었다. 방은 지저분하고 침대는 어지럽혀져 있었다. 그는 먼저 석유램프를 켜고 호주머니에서 몹시 허름한 붕대 하나를 꺼내더니 오른손을 감기 시작했다. 무슨 일이 있었느냐고 묻자, 어떤 놈이 시비를 걸어와 싸웠다고 했다.

"뫼르소 씨는 이해하실 거예요. 내가 못된 놈이라 그런 게 아니라 성미가 좀 급해서 그런 겁니다. 그놈이 저한테 '네가 사나이라면 전차에서 내려' 하지 않겠어요? 그래서 '조용히 좀 하쇼' 했더니 저보고 사나이답지 못하다는 겁니다. 그래서 전차에서 내려서 말했죠. '이제 그만하는 게 좋을 거야. 안 그러면 본때를 보여줄 테니.' 그랬더니 '무슨 본때?' 하는 거예요. 그래서 한 방 날렸죠. 자빠지더군요. 일으켜주려고 했더니 바닥에 나자빠진 채로 발길질을 하지 뭡니까? 그래서 무릎으로 치고 두어 번 냅다 갈겨줬지요. 그랬더니 얼굴이 피투성이가 됐고요. '이제 본때가 뭔지 알았냐?' 했더니 '그래' 하더군요."

이야기를 하는 내내 생테스는 붕대를 감았다. 나는 침대에 걸터앉아 있었다.

"보세요. 내가 시비를 건 게 아니라 그놈이 맞을 짓을 한 거잖아요."

사실이었다. 나는 그의 말이 맞다고 인정해주었다. 그러자 그는 마침 내게 이 사건에 관해 조언을 듣고 싶었다고 했다. 내가 사나이답고 세상 물정을 잘 아니까 자기를 도와줄 수 있을 것이고, 그러고 나면 자기는 내 친구가 될 것이라고 말했다. 내가 아무 말도 하지 않자 그는 다시 자기와 친구가 되고 싶은지 물었다. 어느 쪽이든 상관없다고 말했더니 그는 흡족해하는 눈치였다. 그는 소시지를 꺼내 프라이팬에 굽고는 잔과 접시, 포크, 그리고 와인 두 병을 늘어놓았다. 그러는 동안 침묵이 흘렀다. 우리는 자리를 잡고 앉았다. 음식을 먹으면서 그는 자기 이야기를 늘어놓기 시작했다. 처음에는 조금 망설이는 투였다.

"한 여자를 만났는데…… 말하자면, 내 정부랄까요."

그와 싸움을 한 사내는 그 여자의 오빠였다. 그는 자기가 그 여자를 먹여 살렸다고 했다. 나는 아무 대꾸도 하지 않았는데, 그는 곧바로 동네 사람들이 자기에 대해 뭐라고 말하는지 알고 있지만 양심에 걸릴 것은 조금도 없으며 자기는 창고 관리인이라고 덧붙였다.

"아까 이야기를 다시 하자면요" 하고 그는 말을 이었다.

"그 여자가 나를 속이고 있다는 사실을 알게 된 거예요."

그는 여자에게 생활비를 대주고 있었다고 했다. 방세를 내주고 하루 20프랑씩 식비도 주었다는 것이다.

"방세가 300프랑에 식비가 600프랑, 가끔 스타킹도 사주고 해서 1,000프랑쯤 들었죠. 그런데 그 여자는 일도 안 하면서 나한테 한다는 소리가 그걸로는 입에 풀칠이나 할 뿐이라는 거예요. 그래서 내가 '그럼 반나절이라도 네가 일을 하지 그러냐? 그러면 자잘한 것 정도는 나한테 사달라고 하지 않아도 될 텐데. 이번 달만 해도 옷 한 벌을 사줬고 매일 20프랑씩에 방세도 내줬는데 너는 친구들이랑 낮에 커피나 마시고 있고. 네가 친구들한테 갖다 바치는 커피랑 설탕, 그것도 내 돈 아니냐. 난 너한테 할 만큼 하는데 너는 나한테 해주는 게 뭐냐'라고 했는데도 그 여자는 일을 안 하고 그 돈으로 살 수 없다는 말만 해대지 뭡니까. 그러다 내가 속고 있다는 걸 알게 됐죠."

그는 여자의 가방에서 복권 한 장을 발견했다. 여자는 그걸 무슨 돈으로 샀는지 설명하지 못했다. 그리고 얼마 뒤, 그녀의 집에서 전당포 영수증을 발견했는데, 그녀가 팔찌 두 개를 저당 잡혔다는 '증거물'이었다. 그때까지 그는 그런 팔찌가 있는 줄도 모르고 있었다.

"내가 속고 있다는 걸 확실히 알게 된 거죠. 그래서 그 여자와 관계를 끊었어요. 하지만 그 전에 손을 좀 봐줬죠. 그러면서 그 여자가 저지른 짓이 뭔지 말해줬습니다. 네가 원하는 건 그 짓뿐이라고. 이해하시죠, 뫼르소 씨. '너는 모르고 있지만 세상 사람들은 네가 나한테 받은 행복을 부러워해. 나중에 너도 네가 누렸던 행복이 어떤 건지 깨닫게 될 거야'라고도 해줬답니다."

그는 피가 나도록 여자를 때렸다. 그 전에는 때린 적이 없었다고 했다.

“전에도 손을 댄 적이 있긴 했어요. 하지만 가벼운 정도였죠. 그 여자가 소리를 좀 지르면 내가 덧문을 닫는 정도로 끝나는 일이었어요. 하지만 이번엔 심각했죠. 그래도 난 아직 속이 덜 풀렸다고요.”

그래서 내 조언이 필요하다는 것이었다. 그는 말을 멈추고 일어나 검게 그을린 램프의 심지를 조절했다. 나는 계속 그의 이야기를 듣고 있었다. 와인을 거의 1리터나 마셨기 때문에 관자놀이가 몹시 뜨거웠다. 내 담배가 다 떨어져서 레몽의 담배를 피웠다. 마지막 전차들이 주변의 소음을 싣고 떠나갔다. 레몽이 말을 이었다. 그는 자신이 ‘그녀와의 정사에 여전히 미련이 남아 있다’는 사실이 문제라고 했다. 하지만 그 여자를 혼내주고 싶은 마음도 있었다. 여자를 호텔로 데리고 가서 ‘풍기 단속반’을 불러 스캔들을 일으켜 여자의 이름을 매춘부 목록에 오르게 할 생각이었다. 그의 깡패 친구들에게도 이야기를 해보았지만 그들에게도 뾰족한 수가 없었다. 레몽이 말한 대로 깡패씩이나 돼서 그 정도도 모른다면야 체면이 말이 아니었다. 레몽이 그렇게 말하자 깡패 친구들은 그녀 얼굴에 ‘낙인’을 찍자고 제안했다. 하지만 그는 그렇게 하고 싶지는 않았다. 좀 더 생각해봐야겠다는 것이었다. 그 전에 나한테 묻고 싶은 게 있는데, 먼저 내가 이 이야기에 대해 어떻게 생각하는지 알고 싶다고 했다. 나는 별다른 생각은 없고 흥미롭기는 하다고 대답했다. 그 여자가 자기를 속인 게 맞는 것 같냐고 물어서, 그런 것 같다고 대답했다. 그는 그 여자를 혼내주는 게 맞겠냐, 나 같으면 어떻게 하겠냐고 물었다. 어떻게 할지는 알 수 없지만, 그녀를 혼내주고 싶어 하는 마음은 이해가 된다고 대답했다. 나는 와인을 좀 더 마셨다. 그는 담배에 불을 붙이고 나서 자기 생각을 털어놓았다. 그는 그 여자를 '차버리는 동시에 후회하게 만드는' 편지를 쓰려 했다. 그래서 여자가 다시 돌아오면 잠자리에 들었다가, 그것이 '끝나갈 무렵에' 여자의 얼굴에 침을 뱉고 밖으로 쫓아내버리겠다는 것이었다. 나는 그 정도면 충분히 혼을 내는 거라는 생각이 들었다. 그러나 레몽은 자기는 그런 편지를 잘 쓸 수가 없으니 내가 대신 써주기를 원했다. 내가 아무 말도 하지 않자, 그는 지금 당장 써주는 것은 조금 불편한지 물었고 나는 아니라고 대답했다.

그는 와인을 한 잔 들이켜고 자리에서 일어났다. 그리고 우리가 먹다 남긴 소시지와 접시들을 옆으로 치웠다. 식탁에 깔린 방수포도 정성껏 닦았다. 그러더니 침대 옆 서랍장에서 모눈종이 한 장과 노란 봉투, 붉은 나무 펜대와 네모난 보랏빛 잉크병을 꺼냈다. 여자의 이름을 들어보니 아랍계임을 알 수 있었다. 나는 편지를 썼다. 되는대로 썼지만 그래도 레몽의 마음에 들게 쓰려고 애썼다. 왜냐하면 그러지 않을 어떤 이유도 없었기 때문이다. 나는 소리 내어 편지를 읽었다. 그는 담배를 물고 고개를 끄덕이며 듣고 있다가 다시 한 번 읽어달라고 했다. 그는 매우 흡족해했다.

"네가 세상물정에 밝다는 거, 난 알고 있었지."

그가 내게 '너'라고 한 것을 곧바로 알아차리지는 못했다. "이제 너는 내 진짜 친구야"라는 선언을 듣고서야 비로소 깨닫고 놀랐다. 그는 그 말을 되풀이했고 나는 "그래"라고 말했다. 나로서는 그의 친구가 되든 말든 별로 상관이 없었고, 그는 정말로 내 친구가 되고 싶은 모양이었다. 그는 편지를 봉했고, 우리는 남은 와인을 마저 마셨다. 그리고 한동안 말없이 담배를 피웠다. 밖은 고요했다. 미끄러지듯 지나가는 자동차 소리만 들렸다.

나는 "시간이 늦었네"라고 말했다. 레몽 또한 같은 생각이었다. 그는 시간이 빨리 지나간다고 했는데, 어떤 의미에서는 사실이었다. 나는 졸렸지만 일어서기가 힘들었다. 내가 피곤해 보였던지 레몽은 내게 너무 상심하지 말라고 말했다. 처음엔 무슨 말인지 알아듣지 못했다. 그는 내게 어머니가 돌아가셨다는 소식을 들었다면서, 어차피 한 번은 겪어야 할 일이라고 말했다. 나도 같은 생각이었다.

나는 자리에서 일어났다. 레몽은 힘주어 내 손을 잡고는 사나이끼리는 서로 이해할 수 있다고 말했다. 나는 그의 방을 나와 문을 닫고 어둠에 덮인 계단참에 잠시 서 있었다. 건물 안은 고요했고 계단 밑에서 어둡고 습한 공기가 올라왔다. 귓전을 울리는 내 맥박 소리 말고는 아무 소리도 들리지 않았다. 나는 그 자리에 꼼짝 않고 서 있었다. 살라마노 영감 방에서 개가 끙끙대는 소리가 희미하게 들려왔다.

4

나는 일주일 내내 열심히 일했다. 레몽이 내게 와서 그 편지를 부쳤다고 말했다. 에마뉘엘과 영화관에 두 번 갔는데, 그가 영화의 흐름을 이해하지 못해서 설명을 해줘야 했다. 어제는 토요일이라 약속대로 마리가 찾아왔다. 빨간색과 흰색 줄무늬 원피스에 가죽 샌들을 신은 그녀의 모습을 보고 나는 몹시 흥분했다. 탄력 있는 젖가슴이 뚜렷이 드러나 보이는 데다 햇볕에 그을린 얼굴은 꽃처럼 아름다웠다. 우리는 버스를 타고 알제에서 몇 킬로미터 떨어진 바닷가로 갔다. 바닷가 주변은 바위로 둘러싸여 있고, 육지 쪽으로 갈대가 우거져 있었다. 네 시의 태양은 그다지 뜨겁지 않았지만 물은 미지근했고, 게으른 듯 긴 물결이 나직이 넘실거렸다. 마리가 놀이를 하나 알려주었다. 헤엄을 치다가 파도가 일 때 물을 들이마셔서 입속에 거품을 가득 채운 다음, 반듯이 누워 하늘을 향해 내뿜는 것이다. 그러면 물거품이 레이스처럼 공중에서 흩어지기도 하고 미지근한 비처럼 얼굴 위로 떨어지기도 했다. 그 놀이를 되풀이하자 소금기 때문에 입속이 얼얼해졌다. 물속에서 마리가 다가와 내게 달라붙었다. 입술을 내 입에 갖다 대었다. 그녀의 혀가 내 입술에 산뜻하게 와 닿았다. 우리는 잠시 물결 속에서 뒹굴었다.

바닷가로 나와 옷을 갈아입을 때, 마리가 빛나는 눈빛으로 나를 바라보았다. 그녀에게 키스했다. 이때부터 우리는 아무 말도 하지 않았다. 그녀를 꼭 껴안은 채 서둘러 버스를 잡아타고 집으로 돌아왔다. 방 안에 들어서자마자 곧바로 침대 속으로 뛰어들었다. 창문을 열어두었더니, 검게 그을린 우리의 몸 위로 여름밤의 공기가 흐르는 것이 느껴져 기분 좋았다.

오늘 아침에는 마리가 나와 함께 있었다. 그녀에게 함께 점심을 먹자고 했다. 고기를 사러 아래층으로 내려갔다. 다시 계단을 올라올 때 레몽의 방에서 여자 목소리가 들려왔다. 곧이어 살라마노 영감이 개를 혼내는 소리가 들렸다. 구두 소리와 나무 계단 긁는 소리가 나더니 "빌어먹을, 고얀 놈" 하는 소리가 들려왔다. 이윽고 그들은 거리로 나가버렸다. 내가 영감에 대해 이야기해주었더니 마리는 웃었다. 마리는 내 파자마를 입고 소매를 걷어 올리고 있었다. 그녀가 웃자 나는 다시 흥분이 되었다. 잠시 후 마리는 자기를 사랑하느냐고 내게 물었다. 나는 그런 건 아무 의미도 없지만, 그래도 사랑하는 것 같지는 않다고 대답했다. 마리는 표정이 어두워졌다. 그러나 점심을 준비하면서 별 이유도 없이 또 웃기에 나는 또 그녀에게 키스했다. 그때 레몽의 방에서 말다툼 소리가 들렸다.

날카로운 여자 목소리가 들리더니 레몽이 이렇게 말했다.

"너는 나를 농락했어. 나를 농락했다고. 나를 속이면 어떻게 되는지 보여주지."

둔탁한 소리가 들리는가 싶더니 여자가 비명을 질렀다. 비명 소리가 어찌나 끔찍하던지 계단에 사람들이 모여들었다. 마리와 나도 복도로 나갔다. 여자는 계속 소리를 지르고 레몽은 계속 때리고 있었다. 마리가 너무 끔찍하다고 말했지만 나는 아무 말도 하지 않았다. 마리는 내게 경찰을 불러오라고 했지만 나는 경찰이 싫다고 말했다. 하지만 3층에 사는 배관공과 함께 경찰이 나타났다. 경찰이 문을 두드렸지만 아무 소리도 들리지 않았다. 더 세게 두드리자 여자의 울음소리가 들리고 레몽이 문을 열었다. 레몽은 입에 담배를 문 채 유순한 태도로 응했다. 여자가 뛰쳐나와 레몽이 자신을 때렸다고 말했다. "이름이 뭐야?"라고 경찰이 묻자 레몽이 대답했다. "말할 때는 담배를 빼"라고 경찰이 말했다. 레몽은 망설이다가 나를 힐끗 보더니 담배를 한 모금 빨았다. 그러자 경찰이 느닷없이 두툼한 손바닥으로 그의 뺨을 힘껏 후려쳤다. 담배가 몇 미터 앞으로 날아갔다. 레몽은 안색이 바뀌었지만 그 순간에는 아무 말도 없었다. 그러더니 온순한 목소리로 꽁초를 주워도 되는지 물었다. 경찰은 그러라고 하면서 덧붙여 말했다.

"다음부터는 경찰이 허수아비가 아니라는 걸 명심하라

고."

그러는 동안 여자는 계속 울면서 몇 번이고 말했다.

"저놈이 날 때렸어요. 저놈은 포주예요."

레몽이 경찰에게 물었다.

"경관님, 아무한테나 포주라고 말해도 된다는 법이 있습니까?"

하지만 경찰은 레몽에게 닥치라고 했다. 레몽이 그 여자를 바라보며 말했다.

"기다려, 예쁜이. 다시 만나게 될 테니."

경찰은 레몽에게 입을 다물라고 한 뒤, 여자에겐 집으로 돌아가라고 말하고 레몽에겐 방에 들어가서 경찰 소환을 기다리고 있으라고 말했다. 또 그렇게 몸이 떨리도록 취했으면 부끄러운 줄 알라고 덧붙였다. 그 말을 듣고 레몽이 설명했다.

"취한 게 아닙니다, 경관님. 경관님 앞이라 떨려서 그런 건데 저라고 별수 있겠습니까?"

레몽이 문을 닫자 구경꾼들도 모두 흩어졌다. 마리와 나는 점심을 차렸다. 하지만 마리가 배가 고프지 않다고 해서 내가 거의 다 먹었다. 마리는 한 시에 집으로 돌아갔고 나는 조금 더 잤다.

세 시쯤, 문을 두드리는 소리가 들렸다. 레몽이 들어왔다. 나는 누워 있었다. 레몽은 침대 모서리에 걸터앉았다. 그는 잠시 말이 없었다. 나는 어떻게 된 일인지 물었다. 그는 자신이 생각해둔 대로 했지만 여자가 먼저 따귀를 때리기에 두들겨 패주었다고 했다. 그 뒤의 일은 내가 본 그대로였다. 이제 여자도 혼이 났을 테니 흡족하겠다고 하니까, 그도 그렇게 생각한다고 했다. 그리고 제아무리 경찰이 뭐라고 해도 여자가 맞았다는 사실에는 변함이 없다고 지적했다. 또 자기가 경찰들을 잘 알기 때문에 어떻게 대해야 하는지 잘 파악하고 있다고 덧붙였다. 그러고는 경찰이 따귀를 때렸을 때 자기가 응수할 줄 알았냐고 물었다. 나는 아무 기대도 하지 않았으며, 그저 경찰을 싫어한다고 말했다. 레몽은 매우 흡족해하는 눈치였다. 그는 같이 나가지 않겠느냐고 물었다. 나는 자리에서 일어나 머리를 빗었다. 그때 그는 내가 증인이 되어주어야 한다고 말했다. 나는 아무래도 상관없었으나 뭐라고 말해야 할지 몰랐다. 레몽은 그 여자가 레몽을 우습게 봤다고 말하기만 하면 된다고 했다. 나는 증인이 돼주기로 했다.

우리는 밖으로 나갔다. 레몽이 코냑을 한 잔 사주었다. 그러고는 당구를 한 판 쳤는데 나는 잘 치지 못했다. 그러고 나서 레몽은 사창가에 가자고 했지만 나는 그런 것을 싫어하기 때문에 안 가겠다고 했다. 우리는 천천히 집으로 돌아왔다. 레몽은 자기 정부를 혼내주어서 얼마나 속이 시원한지 모르겠다고 했다. 그는 나를 매우 친밀하게 대하는 것 같았고, 우리가 즐거운 시간을 보내고 있다는 생각이 들었다.

저 멀리 문간에서 살라마노 영감이 씩씩대고 있었다. 가까이 가 확인해보니 개가 없어진 모양이었다. 영감은 사방을 둘러보더니 두서없이 중얼거리면서 어두운 복도를 훑어봤다. 그러고는 그 작고 충혈된 눈으로 다시 길가를 두리번거렸다. 레몽이 무슨 일이냐고 물었지만 바로 대답이 없었다. 어렴풋이 "빌어먹을, 고얀 놈" 하는 소리가 들렸고, 그는 계속 허둥대고 있었다. 개가 어디에 있냐고 물어보니, 그는 개가 도망갔다고 말하고는 쉴 새 없이 말을 쏟아냈다.

"평소처럼 오늘도 연병장에 데리고 갔었지요. 노점 주변에 사람들이 많았어요. '탈주왕'을 보려고 잠시 멈춰 섰다가 다른 곳으로 가려고 보니 그놈이 없어졌지 뭐요. 오래전부터 좀 작은 목걸이를 사줘야겠다고 생각은 했지만, 그 망할 놈이 그렇게 도망갈 줄 내가 알았겠소?"

레몽은 아마 개가 길을 잃어버렸을지 모르니 다시 돌아올 것이라고 했다. 그리고 수십 킬로미터나 떨어진 곳에서 주인을 찾아 돌아온 개 이야기를 들려주었지만 영감은 좀처럼 흥분을 가라앉히지 못했다.

"누군가 그놈을 잡아갈 거요. 누가 길러주기라도 한다면 모르지만, 그럴 리가 없어요. 그렇게 딱지투성이인 개를 좋아할 사람이 있겠소? 경찰이 잡아갈 거요. 틀림없소."

나는 개가 동물보호소에 가게 되면 보관료를 얼마쯤 내고 돌려받을 수 있다고 알려주었다. 보관료가 비싸냐고 영감이 물었다. 잘 모른다고 하자 영감은 성을 내며 "그 빌어먹을 자식 때문에 돈을 내다니. 차라리 뒈져버려라" 하고 욕설을 퍼붓기 시작했다. 레몽은 웃으며 집으로 들어갔다. 나도 그 뒤를 따랐고 우리는 2층 계단참에서 헤어졌다. 잠시 후 영감의 발소리가 들리더니 그가 내 방문을 두드렸다. 문을 열자 그는 잠시 그대로 서 있다가 "미안합니다, 미안해요"라고 말했다. 안으로 들어오라고 해도 사양했다. 그는 자기 신발 끝만 내려다보고 있었다. 그의 부스럼투성이 손이 덜덜 떨렸다. 그는 나를 쳐다보지 않은 채 물었다.

"개를 빼앗아가지는 않겠지요? 뫼르소 선생. 돌려주겠지요? 안 그러면 나는 앞으로 어떻게 되겠소?"

동물보호소에서는 주인이 찾아갈 수 있도록 사흘 동안 개를 맡아주는데 그 기간이 지나면 적당히 처분해버린다고 그에게 알려주었다. 그는 아무 말 없이 나를 바라보았다. 그러고는 "안녕히 주무시오" 하고 말했다. 문을 닫는 소리가 나더니 영감이 자기 방 안에서 왔다 갔다 하는 소리가 들렸다. 그의 침대가 삐걱거렸다. 벽 너머로 이상한 소리가 희미하게 들려왔다. 나는 그가 울고 있다는 걸 알았다. 그 순간 왜 어머니를 떠올렸는지 모르겠다. 하지만 나는 다음날 일찍 일어나야만 했다. 배는 별로 고프지 않아서 저녁도 먹지 않고 잠자리에 들었다.

5

레몽이 사무실로 전화를 걸어왔다. 그의 친구(레몽이 그에게 내 이야기를 했다고 한다)가 알제 근처의 작은 별장에서 일요일을 같이 보내자고 나를 초대했다는 것이다. 그러고 싶지만 그날 여자 친구와 약속이 있다고 대답했다. 레몽은 여자 친구도 함께 오라고 했다. 여자라고는 그 친구의 부인뿐이니 여자 친구가 같이 온다면 매우 반가워할 것이라고. 사장은 외부에서 전화가 걸려오는 걸 싫어했다. 그래서 수화기를 바로 내려놓으려고 했는데, 레몽은 조금 기다리라고 하더니 초대 건은 저녁에라도 말할 수 있었겠지만 그보다 다른 할 얘기가 있다고 했다. 하루 종일 아랍인 무리에게 미행을 당했는데 그중에 예전 정부의 오빠도 있었다는 것이다. 그는 "퇴근길에 집 근처에서 그놈들 보면 좀 알려줘"라고 말했다. 나는 그러겠다고 대답했다.

잠시 후 사장이 나를 불렀다. 통화는 자제하고 더 열심히 일하라고 말하려나보다 싶어서 짜증이 났다. 그런데 사장은 전혀 다른 이야기를 꺼냈다. 아직 막연하긴 하지만 어떤 계획에 대해 이야기하고 싶다는 것이었다. 그는 내 의견을 듣고 싶어 했다. 파리에 출장소를 설치해 그곳의 큰 회사들과 직접 거래를 하려고 하는데, 내가 그리로 갈 생각이 있는지 말이다. 파리에서 사는 것은 물론이고 연중에 얼마간은 여행도 다닐 수 있으리라고 했다.

"자넨 젊으니 그런 생활이 마음에 들 걸세."

그렇기는 해도 사실 나는 이러나저러나 마찬가지라고 대답했다. 사장이 내게 생활에 변화가 생기는데 구미가 당기지 않느냐고 묻기에, 사람이란 결코 생활을 바꿀 수는 없는 노릇이며 어디든 나름대로 장점이 있고 이곳 생활도 불편하지 않다고 대답했다. 그는 언짢은 표정을 지었다. 나는 언제나 제대로 대답하는 법이 없고 야망도 없어서 사업에 전혀 도움이 되지 않는다고 했다. 나는 자리로 돌아와 일을 했다. 사장의 비위를 건드리고 싶지는 않았지만 그렇다고 내 생활을 바꿔야 할 이유도 없었다. 곰곰이 생각해보면 나는 불행하지 않았다. 학창 시절에는 내게도 야망이 있었지만 학업을 포기해야 했을 때 그 모든 것이 실제로는 전혀 중요하지 않다는 것을 깨달았다.

저녁이 되자 마리가 나를 찾아왔다. 그녀는 자기와 결혼할 마음이 있느냐고 물었다. 나는 그런다고 달라질 것은 없지만 마리가 원한다면 결혼을 해도 좋다고 말했다. 그러자 그녀는 내가 자신을 사랑하는지 알고 싶어 했다. 나는 이미 말했던 것처럼, 그건 아무 의미도 없지만 그녀를 사랑하는 것 같지는 않다고 말했다.

"그럼 나와 왜 결혼하겠다는 건데?"

나는 그런 건 중요하지 않고 그녀가 원한다면 결혼을 해도 좋다고 설명해주었다. 게다가 먼저 제안한 쪽은 그녀이고 나는 승낙하는 것뿐이었다. 그러자 마리는 결혼이란 중대한 일이라고 지적했다. 나는 "그렇지 않아"라고 대답했다. 그녀는 한동안 말없이 나를 바라보다가 말을 이었다. 비슷한 관계의 또 다른 여자가 이런 식으로 프러포즈를 해도 받아들일 것인지 알고 싶다고 했다. 나는 "물론"이라고 답했다. 그러자 마리는 자기가 나를 사랑하는지 어떤지 생각해보는 듯했으나 나로선 전혀 알 길이 없었다. 잠시 또 침묵을 지키다가 그녀는 이렇게 중얼거렸다. 내가 이상한 사람이고, 아마 그래서 나를 사랑하는 것이겠지만, 바로 그 이유 때문에 내가 싫어질 때가 올지도 모르겠다고. 할 말이 없어서 잠자코 있자니, 마리가 웃으면서 내 팔을 잡고 나와 결혼하고 싶다고 말했다. 언제든 그녀가 원하면 곧 결혼하자고 대답했다. 그리고 사장의 제안을 들려줬더니 마리는 파리에 가보고 싶다고 말했다. 내가 파리에서 잠시 살아본 일이 있다고 했더니 어떠냐고 물었다. 나는 대답했다.

"더러워. 비둘기 천지에 안마당은 어둡고. 사람들은 피부가 허옇고."

그러고 나서 우리는 대로를 따라 시내를 걸었다. 여자들이 아름다웠다. 나는 마리 역시 아름다운 여자들을 눈여겨

보았는지 물었다. 마리는 그렇다고, 나를 이해할 수 있다고 말했다. 잠시 우리는 말이 없었다. 그래도 나는 그녀와 함께 있고 싶어서 셀레스트네 식당에서 저녁을 같이 먹겠느냐고 물었다. 마리는 그러고 싶지만 할 일이 있다고 했다. 집 근처에 이르러서 나는 마리에게 잘 가라고 인사했다. 그녀가 나를 보며 말했다.

"할 일이라는 게 뭔지 안 궁금해?"

나는 알고 싶지만 미처 물어볼 생각을 못했을 뿐인데 그녀는 그걸 나무라는 눈치였다. 내가 난처해하자 그녀는 미소를 짓고는 내게 몸을 기대오며 입술을 내밀었다.

나는 셀레스트네 식당에서 저녁을 먹었다. 막 먹기 시작하는데 키가 작은 여자가 들어와서는 합석해도 되겠냐고 물었다. 물론 그러라고 했다. 사과처럼 조그만 얼굴에 빛나는 눈을 가진 그녀는 몸짓이 부자연스러웠다. 그녀는 재킷을 벗고 앉더니 메뉴판을 정신없이 살폈다. 셀레스트를 불러 신속하고 정확하게 음식을 한꺼번에 주문했다. 음식을 기다리는 동안 가방에서 작은 메모지와 연필을 꺼내 미리 나온 청구서의 금액을 합산해보더니, 정확한 액수에 팁까지 더한 돈을 지갑에서 꺼내 테이블에 올려놓았다. 그때 웨이터가 전채요리를 가져왔고 그녀는 단숨에 먹어치웠다. 다음 음식을 기다리며 또 가방에서 파란색 연필과 한 주간의 라디오 프로그램이 실린 잡지를 꺼냈다. 그러더니 거의 모든 프로그램에 하나하나 정성스럽게 표시를 했다. 잡지가 열두 쪽이나 되었고, 그녀는 식사를 마칠 때까지 섬세하게 그 작업을 계속했다. 내가 식사를 마쳤을 때도 그녀는 여전히 열심히 표시를 하고 있었다. 그러더니 자리에서 일어나 그 자동인형 같은 몸짓으로 재킷을 입고 나가버렸다. 딱히 할 일이 없었던 나는 여자의 뒤를 따라갔다. 그녀는 인도 가장자리를 따라 믿을 수 없을 만큼 빠른 속도와 정확한 걸음으로 갈 길을 갔다. 옆으로 비키지도, 뒤를 돌아보지도 않았다. 어느 순간 여자가 시야에서 사라졌고 나는 갔던 길을 되돌아왔다. 이상한 여자라는 생각이 들었지만 얼마 지나지 않아 그 여자에 대해 잊고 말았다.

내 방문 앞에 살라마노 영감이 서 있기에 방 안으로 들어오게 했다. 영감은 보호소에도 개가 없는 걸 보니 확실히 잃어버린 것 같다고 알려주었다. 보호소 직원들이 아마 차에 치었을 거라고 말하더라는 것이다. 경찰서에 가면 알 수 있느냐고 물었더니 늘 있는 일이라 파악이 불가능하다고 했단다. 내가 다른 개를 기르면 되지 않느냐고 했더니, 영감은 그 개에 이미 익숙해졌다고 했다. 그의 말도 일리가 있었다.

나는 침대 위에 웅크리고 있었고, 영감은 테이블 앞 의자에 앉아 있었다. 그는 두 손을 무릎 위에 얹고 나와 마주 보고 있었다. 낡은 펠트 모자를 쓴 채였다. 그는 누런 수염 밑으로 우물우물 말을 씹어 삼키듯 중얼거렸다. 영감과 그러고 있는 것이 조금 거북했지만 달리 할 일도 없고 잠이 오는 것도 아니었다. 무슨 말이라도 해야겠어서 개에 대해 물었다. 부인이 죽고 나서 기르기 시작한 개라고 했다. 그는 결혼을 늦게 한 편이었다. 젊을 때는 연극을 하고 싶었다. 군대에 있을 때 군인극단 보드빌에서 연기를 하기도 했다. 결국 철도국에서 근무하게 되었지만 후회하지는 않았다. 적은 액수나마 연금을 탈 수 있었기 때문이다. 부부관계가 그리 좋은 편은 아니었으나 대체로 그는 부인에게 잘 적응한 편이었다. 부인이 세상을 떠났을 때 그는 매우 외로웠다. 그래서 직장 동료에게 개 한 마리를 부탁했고 아주 어린 강아지를 얻게 되었다. 젖병으로 우유를 먹여야 할 정도였다. 그러나 개는 사람보다 수명이 짧아 이제는 함께 늙어가는 처지가 되었다. 살라마노가 말했다.

"그놈 성질이 못돼서 가끔 입에다 부리망을 씌우기는 했지만 좋은 개였어요."

혈통이 좋은 개였다고 말해주었더니 영감은 기뻐하며 덧붙였다.

"병 걸리기 전에 못 봐서 그렇지, 그놈 털이 그 품종 가운데 단연 최고였지요."

개가 피부병에 걸렸을 때 영감은 밤낮으로 연고를 발라주었다. 그러나 영감 말에 따르면 개의 진짜 병은 노화였고, 그것은 고칠 수 없는 것이었다.

그때 내가 하품을 하자 노인이 이만 가보겠다고 했다. 나는 좀 더 있어도 된다고, 개가 그렇게 되어 안타깝다고 말했다. 그는 고맙다고, 우리 어머니가 그 개를 귀여워했다고 말했다. 그는 '가엾은 당신 어머니'라고 불렀다. 어머니가 돌아가신 뒤로 내가 매우 슬퍼하고 있을 것이라고 짐작했다는 말에, 나는 아무 대답도 하지 않았다. 그러자 그는 매우 당황한 기색을 보이며 빠른 어조로 덧붙였다. 동네에서는 내가 어머니를 양로원에 보냈다고 나쁘게 생각하고 있지만 자기는 내가 어떤 사람인지 잘 알며, 내가 어머니를 무척 사랑했다는 것을 알고 있다는 것이다. 지금도 내가 왜 이렇게 대답했는지 모르겠지만, 나는 그 일로 사람들이 나를 좋지 않게 생각한다는 걸 몰랐으며, 어머니를 보살펴드릴 돈이 없었으니 양로원에 보내는 것이 마땅하다 생각했다고 말했다.

"게다가 오래전부터 어머님은 내게 말 한마디 안 하시고 혼자 지루해하셨죠."

"그럼요. 양로원에서는 친구라도 생기지요."

그가 이만 가보겠다고 말했다. 잠자리에 들려는 것이었다. 이제 그의 생활은 바뀌었고, 그는 대체 어떻게 해야 할지 모르는 것 같았다. 그와 알게 된 뒤 처음으로 그가 내게 슬며시 손을 내밀었고, 내 손에 그의 까칠한 살갗이 와 닿았다. 그는 미소를 보이더니 이렇게 말하고 자기 방으로 돌아갔다.

"오늘 밤에는 개들이 짖지 않았으면 좋겠소. 꼭 내 개인 것 같아서 말이오."

6

일요일에는 좀처럼 잠이 깨지 않아서 마리가 나를 부르며 흔들어 깨워야만 했다. 우리는 일찌감치 해수욕을 하고 싶어 아침도 먹지 않았다. 나는 속이 텅 빈 것 같고 머리가 조금 아팠다. 담배 맛도 썼다. 마리는 나더러 '초상 치르는 사람의 얼굴'을 하고 있다며 놀려댔다. 마리는 흰 옷을 입고 머리를 풀어 늘어뜨리고 있었다. 예쁘다고 하자 그녀는 좋아서 웃었다.

내려오는 길에 우리는 레몽의 방문을 두드렸다. 그는 곧 내려가겠다고 대답했다. 피로하기도 하고 덧문을 닫아두기도 했던 터라, 거리로 나서자 이미 하늘 가득 퍼진 뜨거운 햇살에 따귀라도 얻어맞는 듯했다. 마리는 기뻐서 깡충깡충 뛰며 날씨가 좋다고 몇 번이고 말했다. 기분이 좀 나아지자 허기가 느껴졌다. 마리에게 얘기했더니 그녀는 우리 둘의 수영복과 수건만 들어 있는 방수가방 속을 보여주었다. 기다리는 수밖에 없었다. 이윽고 레몽이 방문을 닫고 나오는 소리가 들렸다. 그는 파란색 바지에 짧은 소매의 흰 셔츠를 입고 있었다. 거기에 밀짚모자를 쓰고 있어서 마리는 보자마자 웃음을 터뜨렸다. 그의 팔은 매우 하얀데 검은 털로 덮여 있었다. 보기가 조금 거북했다. 그는 휘파람을 불며 계단을 내려왔는데 아주 만족스러운 눈치였다. 레몽은 내게 "잘 잤나, 친구?"라고 인사한 뒤 마리를 '아가씨'라고 불렀다.

전날 레몽과 경찰서에 함께 간 나는 그 여자가 레몽을 '속였다'고 증언했다. 레몽은 경고 처분을 받고 풀려났다. 내 진술에 트집을 잡는 사람은 없었다. 문 앞에서 레몽과 그 이야기를 나눈 뒤, 우리는 버스를 타기로 했다. 바닷가는 그리 멀지 않았지만 버스를 타면 더 빨리 갈 수 있을 터였다. 레몽은 우리가 일찍 도착하면 그의 친구도 기뻐할 것이라고 생각했다. 막 길을 떠나려던 참에 갑자기 레몽이 내게 맞은편을 보라는 몸짓을 했다. 아랍인 무리가 담배 가게 진열장에 기대 서 있었다. 그들은 말없이 우리를 바라보고 있었는데 마치 우리를 돌덩이나 죽은 나무 정도로 여기는 것 같았다. 레몽이 왼쪽에서 두 번째 녀석이 그자라고 알려주었는데 신경이 쓰이는 눈치였다. 그렇지만 그건 이제 끝난 이야기라고 덧붙였다. 마리는 영문을 몰라서 무슨 일이냐고 물었다. 아랍인들이 레몽에게 앙심을 품고 있다고 내가 대답했다. 마리는 바로 출발하자고 했다. 레몽은 몸을 쭉 펴고는 서둘러야겠다며 웃었다.

우리는 조금 떨어진 버스 정류장으로 향했고, 레몽은 아랍인들이 따라오지 않는다고 내게 알려주었다. 나는 뒤를 돌아보았다. 그들은 그 자리에 서서 우리가 떠나온 곳을 여전히 무심하게 바라보고 있었다. 우리는 버스에 올라탔다. 레몽은 완전히 안심한 듯 마리에게 농담을 건네고 있었다. 레몽은 마리가 마음에 든 눈치였으나 마리는 거의 대꾸를 하지 않았다. 이따금 웃으며 그를 쳐다볼 뿐이었다.

우리는 알제 외곽에서 내렸다. 해변은 정류장에서 멀지 않았다. 그러나 바다를 향해 모래사장 쪽으로 내리뻗은 조그만 언덕을 지나야 했다. 언덕은 이미 완연히 파란 하늘을 배경으로 노란 돌과 새하얀 수선화로 뒤덮여 있었다. 마리는 즐거워하며 방수가방을 휘둘러 꽃잎을 떨어뜨리는 장난을 하고 있었다. 우리는 녹색과 흰색 울타리로 둘러싸인 작은 별장들 사이를 걸어갔다. 베란다까지 타마리스크 나무 속에 파묻힌 별장도 있었고, 바위들 사이에 덩그러니 서 있는 별장도 있었다. 언덕 끝에 이르기도 전에 어느새 고요한 바다가 눈앞에 펼쳐졌고, 저 멀리 맑은 물속에서 졸고 있는 듯한 커다란 곶이 보였다. 가벼운 모터 소리가 고요한 대기를 가르며 우리에게 전해져왔다. 멀리 작은 어선 한 척이 반짝이는 바다 위로 조금씩 움직이고 있었다. 마리는 붓꽃 몇 송이를 꺾었다. 바다로 내려가는 언덕길에서 바라보니 벌써 바닷가에는 수영하는 사람들이 있었다.

레몽의 친구는 해변 기슭에 있는 조그만 목조 별장에서 살고 있었다. 별장은 바위를 등지고 있었고, 앞면 밑을 받치는 기둥들은 물속에 잠겨 있었다. 레몽이 우리를 소개했다. 친구의 이름은 마송이었다. 그는 키가 크고 어깨가 딱 벌어진 육중한 사람으로, 그와 함께 있는 조그만 여자는 동글동글하고 귀엽게 생겼으며 파리 말씨를 썼다. 마송은 곧 우리에게 자기 집처럼 편하게 지내라고 하고는 바로 그날 아침에 낚은 생선을 튀겨놓았다고 했다. 내가 집이 어쩌면 이렇게 멋지냐고 했더니, 그는 주말은 물론이고 휴일마다 이곳에 와서 지낸다고 했다. "아내는 누구하고도 잘 지내죠"라고 그는 덧붙였다. 마침 그의 아내는 마리와 함께 웃고 있었다. 아마 그때 처음으로 나는 결혼을 진지하게 생각해본 것 같다.

마송은 수영을 하고 싶어 했지만 그의 아내와 레몽은 내켜하지 않았다. 결국 우리 셋만 바닷가로 내려갔다. 마리는 바로 물속으로 뛰어들었다. 마송과 나는 잠시 기다렸다. 그는 말투가 느린 편이었는데 말끝마다 "그리고 덧붙이자면" 하고 보태는 버릇이 있었다. 실제로 보태는 의미가 없을 때에도 그랬다. 마리에 대해서는 "아주 근사한 분입니다. 그리고 덧붙이자면 매력도 있고요"라고 말했다. 나는 기분 좋게 몸에 스며드는 햇볕을 느끼느라 그의 말버릇에는 더 이상 주의를 기울이지 않았다. 발밑에서 모래가 뜨거워지기 시작했다. 나는 물속으로 들어가고 싶은 걸 좀 더 참았다가 마송에게 "들어가볼까요?" 한 다음, 물에 뛰어들었다. 마송은 천천히 물속으로 들어가 발이 땅에 닿지 않게 되어서야 몸을 던졌다. 그는 개구리헤엄을 쳤는데 좀 서툰 것 같아서 그를 남겨두고 마리에게 갔다. 물은 차가웠고 헤엄을 치니 유쾌했다. 마리와 함께 멀리까지 헤엄쳐 갔다. 그렇게 우리는 함께 움직이며 같은 만족감을 느꼈다.

바다 깊은 곳까지 나가서 몸을 물에 띄웠다. 하늘을 향한 내 얼굴 위로 물이 흘러들자 태양이 말려주었다. 마송이 모래사장으로 나가 햇볕 아래 눕는 것이 보였다. 멀리서 봐도 그는 커 보였다. 마리는 나와 함께 헤엄치고 싶어 했다. 나는 마리 뒤쪽으로 가 그녀의 허리를 잡은 채 발로 물장구를 쳐서, 마리가 팔을 놀려 앞으로 나가도록 도와주었다. 고요한 아침에 철썩거리는 물소리가 우리 곁을 떠나지 않았다. 내가 지칠 때까지 그 소리는 계속되었다. 나는 마리를 남겨두고 숨을 크게 쉬면서 일정한 동작으로 헤엄쳐 돌아왔다. 바닷가로 나온 나는 마송 옆에 배를 깔고 엎드려 모래 속에 얼굴을 파묻었다. 내가 "좋네요" 하자 그도 동의했다. 잠시 후에 마리가 돌아왔다. 나는 고개를 돌려 마리가 걸어오는 것을 바라보았다. 소금물에 젖은 몸은 미끈미끈해 보였으며 머리카락을 뒤로 늘어뜨리고 있었다. 마리와 나는 옆구리를 맞대고 누웠는데, 그 체온과 뜨거운 햇살 때문에 깜빡 잠이 들었다.

마리가 나를 흔들어 깨우면서, 마송은 벌써 집으로 돌아갔고 점심을 먹을 시간이라고 말했다. 나는 허기가 느껴져 바로 일어섰다. 그러나 마리는 내가 아침부터 한 번도 키스를 해주지 않았다고 말했다. 사실이었다. 나도 하고 싶기는 했다. "같이 물에 들어가"라고 마리가 말했다. 우리는 물속으로 뛰어들어 물결에 몸을 맡겼다. 몇 번 팔을 저어 헤엄쳐 가다가 마리가 내게 매달렸다. 그녀의 다리가 내 다리를 휘감아오는 것을 느끼자 나는 그녀를 갖고 싶어졌다.

우리가 돌아왔을 때, 마송이 진작부터 우리를 부르고 있었다. 배가 많이 고프다고 했더니 마송은 대뜸 아내에게 내가 마음에 든다고 말했다. 빵은 맛있었고, 나는 내 몫의 생선을 게걸스레 먹었다. 이어서 고기와 감자튀김이 나왔다. 모두 한마디 말도 없이 먹기만 했다. 마송은 포도주를 꽤 많이 마셨고 내게도 계속 따라 주었다. 커피를 가져왔을 때는 머리가 좀 무거워져서 담배를 많이 피웠다. 마송과 레몽과 나는 비용을 나눠 내고 8월에 해변에서 함께 지내는 것에 대해 의논하고 있었다. 이때 마리가 뜬금없이 "지금 몇 시인 줄 아세요? 11시 반이라고요" 했다. 우리는 모두 놀랐다. 그러나 마송은 점심을 너무 일찍 먹기는 했지만 배고픈 시간이 결국 식사 시간이니 별로 이상할 것도 없다고 말했다. 왜인지 그 말을 들은 마리가 웃었다. 아마 포도주를 조금 많이 마셨기 때문인 것 같았다. 그때 마송이 내게 바닷가를 산책하지 않겠느냐고 물었다.

"아내는 점심 먹고 나서는 꼭 낮잠을 자는데 난 그게 싫어요. 난 걸어야 하거든요. 걷는 것이 건강에 좋다고 늘 말은 해주지만, 어쨌든 자기가 하고픈 대로 하는 거죠."

마리는 마송 부인을 거들어 설거지를 해야 하니 남아 있겠다고 말했다. 그러자면 남자들을 밖으로 내보내야 한다고 키 작은 파리 여인이 말했다. 우리 셋은 해변으로 내려갔다.

햇빛은 모래 위에 거의 수직으로 쏟아져 내렸고, 바다 위로 반사된 빛은 견디기 어려울 지경이었다. 이제 바닷가에는 아무도 없었다. 언덕을 따라 늘어서 바다를 굽어보고 있는 작은 별장들에서 접시와 포크, 스푼이 달그락거리는 소리가 들려왔다. 땅에서 올라오는 돌의 열기 때문에 숨쉬기조차 어려웠다. 처음에 레몽과 마송은 내가 알지 못하는 일과 사람에 대해 이야기를 나눴다. 그들이 오래전부터 아는 사이이며 한때 같이 살았던 적도 있다는 사실을 알게 되었다. 우리는 바다로 향했고, 물가를 따라 걸었다. 때로 잔물결이 길게 밀려와 헝겊신발을 적셨다. 나는 머리 위에 바로 내리쬐는 햇빛 때문에 반쯤 졸고 있어 아무 생각이 없었다.

그때 레몽이 마송에게 뭔가를 말했지만 나는 잘 알아듣지 못했다. 그러나 그와 동시에 바닷가 저편 아주 멀리서 파란색 작업복 차림의 아랍인 둘이 우리를 향해 걸어오는 것을 보았다. 레몽을 쳐다보니 그가 "그 자식이야"라고 말했다. 우리는 멈추지 않고 걸었다. 마송은 그들이 어떻게 여기까지 따라왔을까 물었다. 우리가 비치백을 들고 버스에 타는 것을 봤겠구나 싶었지만, 나는 아무 말도 하지 않았다.

아랍인들이 천천히 걷긴 했지만 우리와의 거리는 이미

상당히 좁혀져 있었다. 우리는 계속 같은 속도로 걸었다. 레몽이 말했다.

"싸움이 붙게 되면 마송 자넨 두 번째 놈을 맡아. 저 녀석은 내가 맡지. 뫼르소, 너는 또 다른 놈이 오면 맡으라고."

나는 "그래"라고 말했다. 마송은 두 손을 주머니에 넣었다. 뜨겁게 달아오른 모래가 내 눈에는 이제 빨갛게 보였다. 우리는 일정한 걸음으로 아랍인들에게 다가갔다. 그들과의 거리가 규칙적으로 줄어들었다. 몇 걸음 떨어진 곳까지 왔을 때 아랍인들이 멈춰 섰다. 마송과 나는 걸음을 늦췄다. 레몽은 곧장 자기가 맡은 녀석에게 다가갔다. 나는 그가 하는 말을 듣지 못했지만 아랍 녀석이 머리로 들이받는 시늉을 했다. 그러자 레몽이 먼저 한 대 때려놓고 마송을 불렀다. 마송은 미리 지목했던 녀석에게 가서 힘껏 두 번을 후려갈겼다. 상대는 물속에 얼굴을 처박으며 나동그라졌다. 그런 채로 잠시 그대로 있었는데 머리 주변에 보글거리는 거품이 올라왔다. 그 사이 레몽이 또 때리는 바람에 상대의 얼굴은 온통 피투성이가 되었다. 레몽은 내게로 고개를 돌리더니 "이 자식 꼴 좀 봐" 했다. 나는 "조심해. 그 자식 칼이 있어!"라고 외쳤지만, 레몽은 이미 팔을 찔리고 입이 찢긴 뒤였다.

마송이 앞으로 펄쩍 뛰어나갔지만 또 다른 아랍인이 일어나 무기를 가진 녀석 뒤로 섰다. 우리는 움직일 엄두도 내지 못했다. 그들은 우리에게서 시선을 떼지 않고 칼로 위협

하면서 천천히 뒷걸음질했다. 그러다 충분히 거리가 벌어졌다고 생각했는지 부리나케 달아나버렸다. 그동안 우리는 마치 못 박힌 듯 햇빛 아래 우두커니 서 있었고, 레몽은 피가 흐르는 팔을 움켜쥐고 있었다.

마송은 일요일마다 언덕 별장에 와서 지내는 의사가 있다고 말했다. 레몽이 즉시 가보자고 했다. 그가 말을 할 때마다 피가 입속에서 거품처럼 흘러나왔다. 우리는 그를 부축해서 급히 별장으로 돌아왔다. 레몽은 상처가 크지 않으니 의사에게 걸어갈 수 있다고 했다. 마송이 레몽과 함께 가기로 하고 나는 남아서 여자들에게 방금 일어난 일을 들려주었다. 마송 부인은 울고, 마리는 하얗게 질려버렸다. 나는 더 이상 이야기하기 귀찮아서 그만두고, 담배를 피우며 바다를 응시했다.

한 시 반쯤 레몽이 마송과 함께 돌아왔다. 팔에 붕대를 감고 입가에는 반창고를 붙인 채였다. 의사는 대수롭지 않다고 했지만 레몽은 얼굴빛이 좋지 않았다. 마송이 웃기려 애를 써봐도 여전히 말이 없었다. 레몽이 바닷가로 내려간다고 하기에 어디로 가느냐고 물었더니 바람을 쐬러 간다고 했다. 마송과 나도 함께 가겠다고 했더니 레몽이 화를 내며 욕을 했다. 마송은 그의 비위를 건드리지 말아야 한다고 했지만 나는 그래도 그의 뒤를 따라갔다.

우리는 오랫동안 해변을 걸었다. 마치 태양에 짓눌리는 것 같았다. 햇빛은 모래와 바다 위에 부서져 반짝이고 있었다. 나는 레몽이 자기가 어디로 가는지 알고 있을 거라 여겼지만 틀린 생각이었다. 해변 끝까지 간 우리는 마침내 커다란 바위 뒤에서 모래사장 위를 흐르는 조그만 샘에 이르렀다. 거기에 그 아랍인 둘이 있었다. 기름기가 밴 작업복을 입고 누워 있었는데, 아주 태연한 표정이었다. 심지어 기분이 좋아 보이기까지 했다. 우리가 다가가도 아무런 동요가 없었다. 레몽을 찌른 녀석은 아무 말 없이 레몽을 바라보았다. 다른 녀석은 작은 갈대피리를 불고 있었는데 곁눈으로 우리를 바라보며 그 악기로 낼 수 있는 세 가지 음을 반복해서 내고 있었다.

그러는 동안 거기에는 햇빛과 침묵, 샘물 흐르는 소리와 세 가지 음의 피리 소리만 있을 뿐이었다. 레몽이 주머니 속 권총에 손을 댔지만 상대편은 미동도 하지 않았고, 그들은 계속 서로를 마주 보고 있었다. 나는 피리 부는 녀석의 발가락이 긴장으로 잔뜩 벌어져 있는 걸 보았다. 레몽이 상대편을 주시하며 나에게 "쏴버릴까?"라고 물었다. 그만두라고 하면 그가 제 화를 못 이기고 기어코 쏘고 말 것 같아서, "저 녀석은 아직 아무 말도 안 했는데 이대로 쏴버리는 건 좀 비겁하잖아"라고 대꾸했다. 침묵과 열기 속에서 여전히 작은 물소리와 피리 소리가 들렸다.

"그럼 저 녀석에게 욕을 해줘야겠군. 대답하면 쏘지."

"그래, 하지만 녀석이 칼을 뽑지 않는 이상 너도 쏠 수 없어."

레몽이 흥분하기 시작했지만 상대편 녀석들은 레몽의 움직임을 살피며 여전히 피리를 불고 있었다.

“쏴선 안 돼. 사나이답게 일대일로 맞서. 권총은 이리 주고. 만약에 다른 녀석이 뛰어들든지 저 녀석이 칼을 뽑든지 하면 내가 쏴버릴 테니까.”

레몽이 권총을 내게 건넬 때 햇빛이 반사되어 번쩍거렸다. 우리는 마치 모든 것이 우리 주위를 가로막은 듯 움직이지 않고 그대로 있었다. 우리는 눈을 내리깔지 않고 서로를 노려보았고, 모든 것이 바다와 모래, 태양, 피리 소리와 물소리로 이루어진 이중의 침묵 속에 머물러 있었다. 그 순간, 나는 권총을 쏠 수도 있고 쏘지 않을 수도 있다는 생각을 했다. 그런데 갑자기 아랍인들이 뒷걸음질 치며 바위 뒤로 달아나버렸다. 레몽과 나는 갔던 길을 되돌아왔다. 레몽은 기분이 좀 나아진 듯, 집으로 돌아갈 때 탈 버스에 대해 이야기했다.

나는 그와 함께 별장까지 갔다. 레몽이 나무 계단을 오르는 동안 나는 첫 번째 계단 앞에 서 있었다. 햇빛 때문에 머리가 어지러운 데다 계단을 올라가서 다시 여자들과 대면할 것을 생각하니 맥이 풀렸던 것이다. 그러나 너무 더워서, 하늘에서 쏟아지는 눈부신 햇빛을 맞으며 우두커니 서 있기도 괴로운 일이었다. 여기 있든 다른 곳에 가든 결국 마찬가지였다. 잠시 후, 나는 바닷가를 향해 걷기 시작했다.

좀 전과 다름없이 모든 것이 붉게 어른거리고 있었다. 모래 위에서 바다의 잔물결이 가쁜 숨결로 헐떡였다. 나는 천천히 바위가 있는 곳으로 향했는데 햇빛을 받아 머리가 부풀어 오르는 느낌이었다. 더위가 위에서 내리누르며 발걸음을 막았다. 무더운 바람이 얼굴에 와 닿을 때마다 이를 악물고 바지 주머니 속에서 주먹을 움켜쥔 채, 태양과 태양이 쏟아내는 짙은 취기에 맞서 있는 힘을 다해 버텼다. 모래나 흰 조개껍데기, 유리 조각에서 칼날처럼 빛이 번쩍일 때마다 턱이 움찔했다. 나는 그렇게 오랫동안 걸었다.

저 멀리 햇빛과 바다의 수분이 만들어낸 눈부신 후광 가운데 거무스름한 바위 덩어리가 조그맣게 보였다. 나는 바위 뒤에 있던 서늘한 샘을 떠올렸다. 그 물의 속삭임을 다시 듣고 싶었고, 태양과, 그것에 맞서는 노력과, 여자의 울음소리를 피하고 싶었으며, 그늘과 휴식을 되찾고 싶었다. 그러나 그곳에 가까이 갔을 때 레몽과 싸운 녀석이 거기 있는 것을 보았다.

그는 혼자였다. 반듯하게 누워 있었고 두 손으로 목을 괴고 얼굴만 바위 그늘 속에 넣은 채 온몸에 햇볕을 쬐고 있었다. 열기 때문에 파란색 작업복에서 김이 올라오고 있었다. 나는 조금 당황했다. 그 사건은 이미 끝났고, 또 그 일은 생각지도 않은 채 이곳에 왔기 때문이다.

그는 나를 보자 몸을 약간 일으키며 주머니에 손을 넣었다. 물론 나도 웃옷 속에 들어 있던 레몽의 권총을 움켜쥐었다. 그는 주머니에 손을 넣은 채로 다시 누워버렸다. 나는 그에게서 제법 멀리, 한 10여 미터쯤 떨어져 있었다. 그가 반쯤 감은 눈꺼풀 사이로 내게 시선을 보내는 것이 느껴졌다. 그러나 대체로 그의 모습은 타는 듯한 대기 속에서 눈앞에 어른거렸다. 파도 소리는 정오보다도 더욱 게으르게 가라앉아 있었다. 그때나 지금이나 다름없는 태양, 모래 위의 빛이 여기까지 이어져 있었다. 벌써 두 시간 전부터 낮은 걸음을 멈추고 끓는 금속 같은 바다 속에 닻을 던진 것이다. 수평선 위로 조그만 증기선이 지나갔다. 나는 아랍인에게서 시선을 떼지 않고 있었기 때문에, 증기선은 한쪽 눈에 검은 얼룩으로 보였을 뿐이었다.

내가 뒤로 돌아서기만 하면 그것으로 끝이라 생각했다. 하지만 햇빛에 떠는 해변이 내 뒤를 압박하고 있었다. 나는 샘 가까이 몇 걸음 나아갔다. 아랍인은 움직이지 않았다. 아직은 그와 나 사이가 꽤 떨어져 있었다. 얼굴 위에 드리워진 그늘 탓인지 그는 마치 웃고 있는 것처럼 보였다. 나는 기다렸다. 뜨거운 햇볕에 뺨이 타는 것 같았고, 땀방울이 눈썹에 맺히는 것이 느껴졌다. 어머니의 장례를 치른 그날과 같은 태양이었다. 그날처럼 머리가 아프고 이마의 모든 핏줄이 피부 밑에서 동시에 펄떡거렸다. 햇볕의 뜨거움을 견디지 못하고 나는 한 걸음 앞으로 나아갔다. 그것이 어리석은 짓이며, 그런다고 태양에게서 벗어날 수 없다는 사실을 알고 있었다. 그렇지만 나는 한 걸음, 그저 한 걸음 앞으로 나섰다. 그러자 아랍인이 몸을 일으키지 않은 채 칼을 뽑아서는 태양에 비춰 내게 겨누었다. 빛이 강철 위에 반사되자 번쩍이는 길쭉한 칼날이 내 이마를 찌르는 것 같았다. 그와 동시에 눈썹에 맺혔던 땀이 한꺼번에 눈꺼풀 위로 흘러내려 미지근하고 두터운 베일처럼 눈을 덮었다. 눈물과 소금의 장막에 가려 앞이 보이지 않았다. 다만 이마 위로 울리는 태양의 심벌즈 소리와 내 맞은편에서 칼이 뿜어내는 희미한 번쩍임만을 느낄 수 있을 뿐이었다. 그 불타는 칼날이 내 속눈썹을 갉아먹고 고통스러운 눈을 후벼 팠다. 바로 그때, 모든 것이 흔들렸다. 바다는 무겁고 뜨거운 바람을 실어 왔다. 하늘이 활짝 열리며 불을 쏟아내는 것 같았다. 내 안의 모든 것이 긴장했고 나는 권총을 움켜쥐었다. 방아쇠가 당겨졌다. 나는 총신의 반짝이는 배를 만졌다. 메마른, 귀가 멍멍해지는 굉음과 함께 모든 것이 시작되었다. 나는 땀과 태양을 떨쳐버렸다. 한낮의 균형과 내가 행복을 느꼈던 바닷가의 특별한 침묵을 깨버렸음을 알았다. 나는 그 움직이지 않는 몸뚱이에 다시 네 방을 쏘았다. 총탄은 보이지 않을 만큼 깊이 박혔다. 그것은 마치 불행의 문을 두드리는 네 번의 노크와도 같았다.

L'Etranger

2부

I

나는 체포된 뒤 여러 차례 심문을 받았다. 그러나 신원 확인을 위한 것이어서 오래 걸리지는 않았다. 처음에는 경찰서에서 내 사건에 관심을 갖는 사람이 없었다. 하지만 8일 뒤에 예심판사는 나를 호기심 어린 눈으로 바라보았다. 처음에는 내 이름과 주소, 직업, 생년월일과 출생지만 물었다. 그리고 내가 변호사를 선임했는지 물었다. 안 했다고, 변호사를 반드시 선임해야 하느냐고 물었더니 그는 "왜 그러시죠?"라고 말했다. 나는 내 사건이 아주 간단한 것 같다고 대답했다. 그는 웃으며 이렇게 말했다.

"그것도 하나의 의견이겠지요. 하지만 법이라는 게 있어요. 당신이 변호사를 세우지 않으면 우리가 국선 변호사를 지정하게 됩니다."

법 제도가 이렇게 자잘한 일까지 해준다니 매우 편리하다고 생각했다. 판사에게 그렇게 말했더니 그도 동의하며 법률이 참 잘되어 있다고 결론을 내렸다.

처음에 나는 그가 탐탁지 않았다. 그는 커튼이 내려진 방에서 나를 맞았다. 탁자 위에 등이 하나 놓여 있었는데 그것은 내가 앉은 안락의자만을 비출 뿐, 그는 어둠 속에 앉아 있었다. 이러한 장면에 대한 묘사를 책에서 읽은 적이 있어서 내게는 이 모든 것이 장난 같았다. 대화가 끝난 뒤 나는 그를 살펴보았다. 말쑥한 얼굴에 파란 눈은 깊이 패여 있고, 큰 키에 회색 수염을 길게 길렀으며, 머리카락은 숱이 많고 거의 백발에 가깝다는 것을 알 수 있었다. 그는 지각이 있는 사람 같아 보였고, 입을 씰룩거리는 신경질적인 버릇이 있긴 했지만 대체로 호감이 갔다. 방을 나설 때 나는 그에게 손을 내밀려고까지 했다. 그러나 그 순간 내가 사람을 죽였다는 사실을 떠올렸다.

이튿날 변호사가 형무소로 나를 찾아왔다. 키가 작고 뚱뚱한 젊은 남자였는데 머리카락을 정성스럽게 빗어 넘긴 모습이었다. 날씨가 더웠음에도(나는 셔츠 바람이었다) 어두운 색의 양복을 입고 빳빳한 깃에 검은색과 흰색 줄무늬가 있는 이상한 넥타이를 매고 있었다. 그는 겨드랑이에 끼고 들어온 가방을 내 침상 위에 놓고는 자기 소개를 한 뒤 내 서류를 검토해봤다고 말했다. 이 사건은 어렵기는 하지만 내가 그를 신뢰한다면 재판에서 이길 수 있다고 했다. 내가 고맙다고 하자 그는 "요점으로 들어갑시다"라고 말했다.

그는 침상에 걸터앉은 뒤 내 사생활에 관한 정보를 수집했다고 설명했다. 최근에 어머니가 양로원에서 돌아가신 사실을 알고는 마랭고에 수사를 하러 갔다 왔으며, 어머니의 장례식 날 내가 '냉정한 태도를 보였다'는 사실을 예심판사가 알게 되었다는 것이다.

"이런 질문이 좀 거북하긴 하지만 이해하세요. 아주 중요한 문제라서요. 그리고 만약에 제가 제대로 답변을 찾아내지 못한다면 그게 기소에 중대한 논거가 될 겁니다."

그러고는 자기에게 협력해달라고 했다. 그는 그날 내가 슬퍼했는지 물었다. 이 질문에 나는 몹시 놀랐다. 나라면 그런 질문을 하기가 매우 거북했을 것이었다. 나는 자문하는 버릇을 잃어버려서 그때 상황을 정확히 설명하기는 힘들다고 대답했다. 물론 나는 어머니를 사랑했다. 그러나 그런 것은 아무 의미도 없다. 건전한 사람이라면 누구나 사랑하는 사람들의 죽음을 조금쯤 바랐던 일이 있을 것이다. 변호사는 아주 흥분한 듯 내 말을 가로막았다. 그리고 그런 말은 법정에서건 예심판사 방에서건 하지 않겠다고 약속하라고 했다. 그러나 나는 천성적으로 육체적 욕구가 감정을 방해하는 성질이 있다고 그에게 설명해주었다. 어머니 장례식 날, 나는 너무 피곤해서 졸리기까지 했다. 그래서 그날 무슨 일이 있었는지 잘 알 수가 없었다. 내가 확실히 말할 수 있는 것은 어머니가 죽지 않았다면 좋았겠다는 사실뿐이었다. 그러나 변호사는 불만스러운 눈치였다. "그걸로는 충분치 않아요"라고 그는 말했다.

그는 잠시 생각에 잠겼다. 이윽고 그날 내가 자연스러운 감정을 억제했다고 말할 수 있는지 물었다. "아니요, 그렇지는 않습니다"라고 대답했다. 그는 나에게 약간 혐오감을 느낀 듯 이상한 눈초리로 바라보았다. 어찌 됐든 양로원 원장과 직원들이 증인으로 심문을 받을 것이고, '그러면 꽤 불리한 결과가 나올지도 모른다'고 모질게 말했다. 나는 그런 이야기가 내 사건과 상관이 없다고 지적했다. 하지만 그는 내가 재판을 처음 해본다는 사실은 그만하면 잘 알겠다고 했다.

그는 화난 채로 방을 나가버렸다. 나는 떠나는 그를 붙잡고 그의 호감을 얻기를 원한다고 말하고 싶었다. 그건 내 변호를 더 잘해주기를 바라서가 아니라, 그냥 저절로 그런 생각이 들어서라고 말이다. 무엇보다도 내가 그를 불편하게 만들고 있다는 것을 알 수 있었다. 나는 내가 다른 사람들과 똑같다고, 완전히 그들과 똑같다고 말하고 싶었다. 그러나 이 모든 것이 소용없고 번거로운 일 같아서 단념하고 말았다.

얼마 뒤 나는 다시 예심판사 앞에 서게 되었다. 오후 두 시였고, 그의 사무실은 엷은 커튼을 뚫고 새어드는 빛으로 가득 차 있었다. 무더운 날씨였다. 그는 내게 앉으라고 한 뒤, 내 변호사가 '갑자기 일이 생겨서' 오지 못했다고 정중한 태도로 말했다. 그러나 내게는 그의 심문에 답하지 않고 변호사의 도움을 기다릴 권리가 있다고 덧붙였다. 나는 혼자서도 대답할 수 있다고 말했다. 그는 책상 위의 벨을 눌렀다. 젊은 서기가 와서 내 등 뒤에 앉았다.

우리는 둘 다 안락의자에 푹 파묻혀 있었다. 심문이 시작되었다. 사람들은 내가 말수가 적고 틀어박혀 있으려는 경향이 있다고 말하는데 이에 대해 어떻게 생각하느냐고 판사가 물었다. "별로 할 말이 없으니까요. 그래서 입을 다물고 있는 거죠"라고 내가 대답했다. 그는 첫 심문 때처럼 빙그레 웃으며 지당한 이유라고 말한 뒤, "그건 대수롭지 않은 일입니다"라고 덧붙였다. 그가 말을 끊고 나를 보더니 갑자기 어깨를 으쓱하며 "내가 알고 싶은 것은 당신입니다"라고 빠른 어조로 말했다. 나는 그가 무슨 말을 하는지 잘 알 수 없어서 대답하지 않았다. 그가 이어서 말했다.

"당신의 행동 중에 이해하기 곤란한 것들이 있어요. 내가 그걸 이해할 수 있도록 도와주리라 믿습니다."

나는 모든 것이 지극히 간단한 일이었다고 대답했다. 그날의 사건에 대해 이야기해보라고 판사가 재촉했다. 나는 이미 그에게 이야기한 것을 다시 요약해서 되풀이했다. 레몽, 바닷가, 해수욕, 싸움, 다시 바닷가, 조그만 샘, 태양, 다섯 방의 총격. 한마디 할 때마다 그는 "네, 네"라고 말했다. 널브러진 시체에 대한 이야기까지 이르자 그는 "좋습니다" 하면서 내 이야기를 받았다. 나는 그렇게 같은 이야기를 되풀이하는 데 지쳐버렸다. 아마도 그토록 말을 많이 한 것은 생전 처음인 것 같았다.

잠시 아무 말이 없던 그는 자리에서 일어나더니, 나를 돕고 싶다고 말했다. 내가 퍽 재미있는 사람이고, 신의 도움을 얻어 나를 위해 무언가 해줄 수 있을 것이라고 했다. 그러나 그 전에 그는 몇 가지를 더 물어보고 싶다면서, 다짜고짜 어머니를 사랑했느냐고 물었다. "네, 다른 사람들과 마찬가지로요"라고 대답했다. 그때까지 일정한 속도로 타이핑을 하던 서기가 키를 잘못 눌렀는지 당황해서는 고쳐 쳤다. 뚜렷한 맥락도 없이, 판사는 이번엔 내게 다섯 방을 연달아 쏘았느냐고 물었다. 잠시 생각한 뒤 처음 한 방을 쏘고 그다음에 네 방을 쏘았다고 설명했다. "첫 번째와 두 번째 사이에 왜 기다렸습니까?"라고 그가 물었다. 다시 한 번 붉은 바닷가가 떠올랐고 뜨거운 햇빛이 이마 위에 느껴졌다. 그러나 나는 아무 대답도 하지 않았다. 침묵이 이어지는 동안 판사는 흥분한 눈치였다. 의자에 걸터앉아 머리를 긁적이더니, 책상 위에 팔꿈치를 괸 뒤 야릇한 표정을 지으며 내 쪽으로 약간 몸을 굽혔다.

"왜요? 왜 당신은 쓰러져 있는 시체를 쐈습니까?"

그 질문에도 나는 대답할 수 없었다. 판사는 두 손으로 이마를 짚고 목소리까지 약간 변해서는 "왜냐고요. 왜 그랬는지 이유를 말해야 합니다"라고 다시 물었다. 나는 계속 입을 다물고 있었다.

그가 갑자기 일어서더니 사무실 구석으로 성큼성큼 걸어가 서류함을 열었다. 거기서 은 십자가를 꺼내 휘두르며 내게 돌아왔다. 그러고는 지금까지와는 다른, 떨리는 목소리로 외쳤다.

"당신은 이것을, 이분을 압니까?"

"물론 알죠."

그러자 그는 흥분하여 빠른 말투로 자기 신념을 말했다. 자기는 하느님을 믿으며 하느님이 용서하지 않을 만큼 죄 많은 사람은 없지만, 용서를 받으려면 우선 뉘우치는 마음으로 영혼을 비우고 어린아이처럼 모든 것을 받아들일 준비를 해야 한다는 것이었다. 그는 온몸을 책상 너머까지 기울이며 십자가를 내 머리 위에서 거의 휘두르다시피 하고 있었다. 솔직히 말하자면 나는 그의 논리를 따라갈 수 없었다. 일단 너무 더웠고, 방 안을 날아다니는 큰 파리들이 내 얼굴에 달라붙었고, 또 그의 태도에 겁이 나기도 했기 때문이다. 동시에 나는 판사의 행동이 우습기도 했다. 왜냐하면 결국 죄를 지은 사람은 나였기 때문이다. 그러나 그는 자기 이야기를 계속 이어갔다. 내가 대강 알아들은 바로는, 그는 내 고백에서 딱 한 가지 모호한 점을 발견했다. 즉, 두 번째 총알을 쏘기 전에 기다렸다는 점. 그것 말고는 다 이해가 된다는 것이다.

나는 그걸 물고 늘어지는 것은 잘못이고, 그 점은 그다지 중요하지 않다고 말하려고 했다. 그러나 그는 내 말을 가로막고는 다시 몸을 일으켜 하느님을 믿느냐며 훈계를 했다. 나는 믿지 않는다고 대답했다. 그는 격분하며 자리에 앉았다. 그럴 수는 없다면서, 하느님의 얼굴을 보지 않고 외면하는 사람일지라도 하느님을 믿는 법이라고 말했다. 그것이 그의 신념이고, 만약 그것을 의심한다면 그의 생애는 무의미해질 것이라고 했다. 그는 "당신은 내 삶이 무의미해지기를 바라는 겁니까?"라고 외쳤다. 그것은 나와 상관없는 일이라고 말했다. 그러나 그는 그리스도의 십자가를 책상 너머 내 눈 밑으로 들이밀고는 이성을 잃은 듯 소리를 질렀다.

"나는 크리스천이야. 나는 이분에게 네가 지은 죄를 용서해달라고 빌고 있다고. 어째서 그리스도가 너를 위해 괴로움을 당하셨다는 걸 믿지 않는 거야?"

나는 그가 반말을 쓰기 시작했다는 사실을 알아차렸다. 하지만 이제 진절머리가 났다. 더위가 점점 심해졌다. 별로 이야기를 들어주고 싶지 않은 사람에게서 벗어나려고 할 때 늘 그러듯이, 나는 그의 말을 수긍하는 체했다. 그랬더니 놀랍게도 그는 승리한 듯, "그것 봐, 자네도 믿잖아. 이제는 하느님께 마음을 바칠 수 있겠지?"라고 말했다. 물론 나는 다시 한 번 아니라고 했다. 그는 또 안락의자에 주저앉고 말았다.

그는 매우 피곤한 모양이었다. 그는 잠시 침묵했지만 그 동안에도 서기는 우리의 대화를 뒤늦게 따라오며 마지막 문장들을 계속 치고 있었다. 예심판사는 약간 슬픈 표정으로 나를 물끄러미 바라보더니, "당신처럼 고집 센 사람은 처음이야. 내 앞에 온 죄인들은 모두 이 고뇌의 형상을 보고 울었다고"라고 중얼댔다. 나는 그들은 죄인이어서 그렇다고 대답하려 했다. 그러나 나도 그들과 같은 죄인이라는 것을 생각했다. 나로서는 믿을 수 없는 일이었다. 그때 판사가 일어섰다. 심문이 끝났다는 뜻인 듯했다. 그는 여전히 조금 피곤한 표정으로, 내가 한 일을 후회하느냐고 물었다. 나는 잠시 생각한 뒤, 후회라기보다 골치 아픈 일이 생긴 것 같다고 대답했다. 그는 나를 이해하지 못하는 것 같았다. 그날은 거기에서 심문을 마쳤고, 이야기는 더 진행되지 않았다.

그 후로 나는 몇 차례 더 예심판사를 만났다. 하지만 만날 때마다 변호사와 함께였다. 이야기는 지난번 진술 가운데 일부분을 좀 더 자세히 말하는 정도에 그쳤다. 나머지 시간에는 판사와 변호사가 직무에 대해 토론을 했다. 그때마다 그들은 내게 조금도 관심을 두지 않았다. 차츰 판사가 나를 심문할 때 쓰는 말투가 달라졌다. 그는 이제 더 이상 내게 관심이 없는 것 같았다. 말하자면 그는 내 사건의 성격을 이미 규정지어버린 모양이었다. 내게 더 이상 하느님 이야기를 하지 않았고, 첫날처럼 흥분하지도 않았다. 그 덕에 우리의 대화는 점점 친밀해졌다. 질문을 몇 가지 던지고, 변호사와 이야기를 조금 나누면 심문은 끝났다. 판사의 말에 따르면 내 사건은 착착 진행되고 있었다. 가끔 일상적인 대화가 오갈 때면 나도 한자리 끼곤 했다. 나는 그제야 숨통이 트이는 것 같았다. 그런 때에는 아무도 내게 심하게 대하지 않았기 때문이다. 모든 것이 자연스럽고 규칙적이고 침착하게 진행되어서 나는 '가족들 사이에 있는 것 같다'는 어처구니

없는 인상을 받았다. 그렇게 11개월이나 계속된 예심을 치르고 나서, 판사가 방문 앞까지 나를 배웅하며 "오늘은 이만 하겠습니다. 반 크리스천 양반"이라고 다정스레 말을 건네던 그 순간을 스스로 즐겼었다는 사실에 새삼 놀랐다. 방문을 나서면 나는 다시 간수의 손에 맡겨졌다.

2

이야기하고 싶지 않은 일도 있었다. 형무소로 들어온 지 며칠이 지났을 때, 나는 내 생애에서 이 시기를 이야기하고 싶지 않게 될 것이라고 느꼈다.

얼마 뒤 그러한 혐오감은 대수롭지 않게 느껴졌다. 사실 처음에 내가 겪었던 것은 진정한 형무소 생활이 아니었다. 나는 막연히 무언가 새로운 사건을 기다리고 있었다. 모든 것이 시작된 것은 마리가 처음이자 마지막으로 면회를 온 뒤부터였다. 마리의 편지를 받은 날부터(마리는 아내가 아니라서 더 이상의 면회를 허가받지 못했다고 했다) 나는 감옥이 내 집이고, 내 생활이 그 속에 한정되어 있음을 느꼈다. 체포되던 날, 유치장에 들어와 만난 사람들은 대부분 아랍인이었다. 그들은 나를 보고 웃었다. 그러고는 무슨 짓을 했느냐고 물었다. 아랍인 한 놈을 죽였다고 했더니 잠잠해졌다. 이윽고 어스름이 내렸다. 그들은 자기 전에 침구 펴는 법을 설명해 주었다. 한쪽 끝을 말아서 베개로 사용할 수 있었다. 밤새도록 빈대들이 내 얼굴 위를 기어 다녔다. 며칠 뒤, 나는 독

방으로 격리되어 나무판자 위에서 잤다. 변기와 철제 대야가 있었다. 형무소는 시가지의 꼭대기에 자리하고 있어서 조그만 창문으로 바다가 내다보였다. 어느 날 철창에 매달려 햇빛을 향해 얼굴을 내밀고 있으려니 간수가 들어와 누군가 면회를 왔다고 했다. 마리일 거라는 생각이 들었다. 정말 마리였다.

면회실로 가기 위해 긴 복도를 거쳐 계단을 지나고 또 복도를 걸어갔다. 드디어 널따랗게 뚫린 창으로 빛이 들어오는 큰 방에 들어섰다. 세로로 쳐진 커다란 철책 두 개에 방이 세 칸으로 나뉘어 있었다. 철책 사이에는 8미터에서 10미터쯤 되는 간격이 있어 면회자와 죄수를 갈라놓고 있었다. 내 앞에 줄무늬 옷을 입은, 얼굴이 그은 마리가 보였다. 내가 서 있는 쪽에는 죄수 십여 명이 있었는데 대부분 아랍인이었다. 마리는 아랍인들에게 둘러싸여 있었고, 그녀의 양옆에는 면회 온 여자들이 있었다. 한쪽에는 검은 옷을 입은 키 작은 노파가 입을 꼭 다문 채 있었고, 다른 한쪽에는 모자를 쓰지 않은 뚱뚱한 여자가 있었는데 몸짓을 해가며 목청껏 지껄이고 있었다. 철책 사이의 거리 때문에 면회자와 죄수들은 목소리를 높여 말해야 했다. 방 안에 들어섰을 때, 장식 없는 넓은 벽에 부딪혀 울리는 시끄러운 목소리와 하늘에서 유리창 위로 쏟아져 방 안에 퍼지는 거센 햇빛 때문에 나는 현기증 같은 것을 느꼈다. 내 감방이 훨씬 조용하고 어두웠다. 면회실에 익숙해지기까지 몇 초가 걸렸다. 그러나 나중에는 밝은 빛에 드러난 얼굴들을 똑똑히 볼 수 있게 되었다. 간수가 철책 사이의 복도 끝에 앉아 있었다. 아랍인 죄수들 대부분은 면회 온 가족들과 마주 보며 몸을 웅크리고 앉아 있었다. 그들은 소리를 지르지 않았다. 그렇게 소란스러운 가운데서도 나직하게 말하면서 의사소통을 했다. 아래로부터 올라오는 희미한 속삭임은 그들의 머리 위에서 교차하는 말소리에 배경음이 되었다. 나는 마리에게 다가가면서 이 모든 상황을 순식간에 파악했다. 이미 철책에 달라붙어 있던 마리는 있는 힘을 다해 웃어 보였다. 그녀가 매우 아름답다고 생각했지만 그 말을 그녀에게 하지는 않았다.

"어때?" 하고 마리가 큰 소리로 물었다.

"그렇지 뭐."

"불편하지는 않고? 뭐 필요한 건 없어?"

"없어."

우리는 잠시 말이 없었지만 마리는 여전히 웃고 있었다. 마리 옆에 있는 뚱뚱한 여자는 내 옆의 사내를 향해 소리치고 있었다. 눈매가 순진해 보이는 키 큰 금발의 사내로 그녀의 남편인 듯했다. 그들은 하던 대화를 계속 이어갔다.

"잔이 그 녀석을 붙잡으려고 하지 않아요."

여자는 소리소리 지르고 있었다.

"응, 그래."

사내가 말했다.

"당신이 나오면 그 녀석을 꼭 붙잡을 거라고 말해도, 붙잡을 생각을 안 해요."

그때 마리도 레몽이 안부를 전하더라고 소리를 질러서 나는 "고마워"라고 말했다. 그러나 내 목소리는 "그 녀석은 잘 있나?"라고 묻는 내 옆 사내의 목소리에 묻히고 말았다. 그의 아내는 "얼마나 건강한지 몰라요"라고 웃으며 말했다. 내 왼쪽에 있는, 손이 가냘프고 키가 작은 청년은 아무 말이 없었다. 그는 키 작은 노파와 서로를 뚫어지게 마주 보고 있었다. 그러나 나는 더 이상 그들을 관찰할 여유가 없었다. 마리가 희망을 가져야 한다고 외쳤기 때문이다. 나는 "알겠어"라고 대답했다. 그와 동시에 나는 마리를 보면서 옷 위로 그녀의 어깨를 껴안고 싶어졌다. 그 얇은 천을 만져보고 싶은 욕망을 느꼈다. 그리고 그것 말고 무엇에 대해 희망을 가져야 할지 알 수 없었다. 마리가 줄곧 웃음을 띠고 있었던 걸 보면, 그녀의 말도 아마 그런 뜻이었던 것 같다. 이제 내게는 그녀의 반짝이는 이와 눈가의 잔주름밖에 보이지 않았다. 마리가 다시 외쳤다.

"당신은 나오게 될 거야. 그럼 우리 결혼해."

"그럴 수 있을까?"

그렇게 대답한 것은 그저 무슨 말이든 하기 위해서였다. 그러자 마리는 재빨리, 그리고 여전히 큰 목소리로 정말이라고 말하며 석방되면 또 해수욕을 하러 가자고 했다. 곁에 있던 여자도 고함을 치듯, 서기과에 바구니를 맡겼다며 그

속에 넣은 것을 일일이 나열했다. 돈이 많이 들었으니 없어진 게 없나 검사해보라는 것이었다. 왼쪽 옆에 있는 사람과 그의 어머니는 여전히 서로를 바라보고 있었다. 아랍인들이 웅얼거리는 소리가 우리의 발밑에서 계속되고 있었다. 밖에서는 빛이 창문에 부딪혀 부풀어 오르는 듯 보였다.

나는 약간 피곤했고 밖으로 나가고 싶었다. 소음 때문에 기분이 언짢았다. 그러면서도 한편으로는 마리를 좀 더 보고 싶었다. 그 뒤로 얼마나 시간이 흘렀는지 모른다. 마리는 자기 일에 관한 이야기를 했고, 끊임없이 웃었다. 속삭이는 소리, 외침 소리, 주고받는 이야기 소리가 교차되었다. 내 옆에서 서로 마주 보고 있는 젊은이와 노파만이 침묵의 심을 이루고 있었다. 아랍인들이 한 명씩 끌려 나갔다. 맨 처음 사람이 나가자 거의 모든 사람이 동시에 입을 다물었다. 키 작은 노파가 창살에 다가섰다. 그와 동시에 간수가 그의 아들에게 신호를 보냈다. 아들이 "어머니, 안녕히 가세요" 하고 말하자 노파는 창살 사이로 손을 들이밀고 아들에게 천천히 작은 손짓을 했다.

노파가 나가는 동안에 한 남자가 모자를 손에 들고 들어와 자기 자리에 섰다. 그러자 죄수 한 사람이 끌려 들어왔고 활기 있게 이야기를 시작했다. 하지만 목소리는 크지 않았다. 주위가 다시 조용해졌기 때문이다. 내 오른편에 있던 사내가 불려 나갈 차례가 되자 그의 아내는 소리를 지를 필요가 없어진 것을 알아차리지 못한 듯 여전히 큰 소리로 말했다.

"몸조심하시고, 주의하셔야 해요."

이제 내 차례였다. 마리는 손짓으로 키스를 보냈다. 나는 방을 나서기 전에 뒤를 돌아보았다. 마리는 꼼짝 않고 얼굴을 창살에 붙인 채 경직된 웃음을 지으며 우두커니 서 있었다.

그러고 나서 얼마 뒤에 마리가 편지를 보냈다. 내가 이야기조차 하고 싶지 않은 일이 시작된 것은 바로 그때부터였다. 무엇이든 과장하지 않는 편이 좋은데, 다른 사람들에 비하면 내게는 그리 어려운 일도 아니다. 수감된 뒤 가장 괴로웠던 것은 내가 여전히 자유로운 사람처럼 생각한다는 점이었다. 가령 해변에 가거나 바다에 뛰어들고 싶은 욕망이 샘솟곤 했다. 발바닥에 부딪히는 잔물결 소리, 물속에 몸 담그기, 그때 느껴지는 해방감, 이러한 것들을 상상할 때 갑자기 감옥의 담벼락이 얼마나 답답하게 나를 둘러싸고 있는지 느끼게 되는 것이다. 이 느낌은 몇 달 동안 지속되었다. 하지만 그 후로는 죄수다운 생각밖에 없었다. 안뜰에서 산책하거나 변호사가 오기를 기다리는 게 전부였다. 나머지 시간은 그럭저럭 잘 보냈다. 내가 만약 마른 나무 둥지 속에 살게 되어 머리 위 하늘의 꽃을 바라보는 것밖에 할 게 없다고 하더라도 차차 그런 생활에 익숙해질 거라는 생각을 그 무렵 자주 했다. 마치 이 감방에서는 변호사의 야릇한 넥타이가 보이기만을 기다리고, 저 바깥세상에서는 마리의 몸을 껴안기를 기다리며 토요일까지 참고 지냈듯이, 새들이 지나가거나 구름과 마주치기를 기다렸을 것이다. 그러나 결국 내가 있는 곳은 마른 나무 둥지 속이 아니었다. 나보다 더 불행한 사람들도 있었다. 이건 어머니의 생각이기도 했다. 그리고 어머니는 늘 사람은 무엇에든 결국 익숙해진다고 말씀하셨다.

대부분의 경우는 그렇게까지 힘들지 않았다. 처음 몇 달 동안은 괴로웠다. 하지만 결국 내가 들인 수고가 그 몇 달을 견디는 데 도움이 된 것이다. 가령 나는 여자에 대한 욕정 때문에 매우 고통스러웠다. 나는 젊고, 그것은 당연한 일이었다. 마리만을 떠올린 것이 아니라 그저 어떤 여자, 여러 여자들, 내가 알고 지냈던 모든 여자들, 내가 그녀들을 사랑했던 모든 상황을 너무 많이 생각한 나머지 감방은 그녀들의 얼굴로 가득 찼고 내 욕정으로 충만해졌다. 그런 생각들이 내 마음을 어지럽게 하는 한편, 그곳에서 시간을 보낼 수 있게 해주기도 했다. 나는 마침내 식사 시간에 주방 소년과 같이 오던 간수장의 동정을 얻게 되었다. 먼저 여자 이야기를 꺼낸 것은 그였다. 그는 다른 죄수들이 가장 먼저 호소하는 어려움도 바로 그것이라고 했다. 나는 나도 다른 사람들과 마찬가지이며, 이런 대우가 못마땅하다고 말했다.

"하지만 당신들을 감옥에 가두는 이유가 바로 그거요."

"뭐라고요, 그게 이유라고요?"

"아무렴. 자유라는 것, 그것을 당신들한테서 빼앗는 거란 말이오."

나는 그때까지 그런 생각을 해본 적이 없었다. 나는 그의 말에 동의했다.

"그렇군요. 그렇지 않다면 형벌이라는 게 쓸모가 없을 테니까."

"그렇고말고. 당신은 이해하지만 다른 죄수들은 그렇지 못해. 하지만 결국 그들도 스스로 진정하는 방법을 배우지."

이렇게 말하고 그는 바로 자리를 떠났다.

담배도 고통스럽게 하는 것 중 하나였다. 형무소에 들어왔을 때 나는 허리띠, 구두끈, 넥타이, 그리고 주머니에 있던 모든 것, 특히 담배를 빼앗겼다. 감방으로 옮겨와 담배를 돌려달라고 해봤지만 금지되어 있다고 했다. 처음 며칠은 매우 괴로웠다. 어쩌면 내가 무너졌던 것은 다른 무엇보다 담배 때문이었을 것이다. 침대 판자를 뜯어 그 나뭇조각을 빨았다. 온종일 구역질이 나 견딜 수가 없었다. 아무에게도 해가 되지 않는 것을 왜 빼앗는지 알 수 없었다. 그 뒤로 나는 그것도 형벌의 일부임을 깨달았다. 하지만 그때는 이미 담배를 피우지 않는 데 익숙해져서 그것이 내게 형벌이 되지는 못했다.

이런 점들을 제외하면 그다지 불편한 것은 없었다. 거듭 말하지만 문제는 시간을 보내는 것이었다. 과거를 추억하는 법을 배운 후로는 심심해서 괴로운 일은 없었다. 이따금 나는 내 방을 떠올렸다. 한쪽 구석에서 시작해 한 바퀴를 돌고 다시 출발점으로 돌아오는 것인데 그 사이에 있는 모든 것들을 머릿속으로 떠올렸다. 처음에는 아주 빨리 끝나버렸지만 되풀이할 때마다 조금씩 시간이 길어졌다. 왜냐하면 가구 하나하나를 생각해내고, 가구마다 속에 든 물건들을 생각하고, 또 조각이나 흠, 깨진 모퉁이, 색깔이나 무늬 같은 세밀한 특징을 떠올렸기 때문이다. 무엇 하나 빠지지 않은 완벽한 재산 목록도 만들었다. 그렇게 해서 몇 주일 뒤에는 내 방 안에 있는 것들을 따져보는 것만으로도 꽤 시간을 보낼 수 있었다. 생각을 하면 할수록 내가 소홀했던 것, 잊어버렸던 것들을 기억에서 이끌어낼 수 있었다. 그때 나는 단 하루를 살아본 사람이라면 감옥에서 백 년쯤은 쉽사리 살 수 있을 것이라고 생각했다. 그런 사람에게도 얼마든지 추억할 거리가 있으니 심심하지는 않을 것이다. 어떻게 생각하면 그것은 편리한 일이었다.

잠도 나를 고통스럽게 했다. 처음에는 밤에 잘 수 없었고, 낮에는 더더욱 잘 수 없었다. 차차 밤에 자는 데 익숙해졌고, 낮에도 잘 수 있게 되었다. 마지막 몇 개월간은 하루에 열여섯 시간에서 열여덟 시간씩 잤다. 그리고 남은 여섯 시간 동안 식사를 하거나 용변을 보거나 기억을 떠올리거나 체코슬로바키아에서 일어난 사건을 생각하면서 지내면 되는 것이었다.

밀짚 매트리스와 침대 판자 사이에서 옛 신문 한 장을 발견했다. 헝겊에 들러붙어 누렇게 빛이 바래고 앞뒤가 비쳐 보였다. 앞부분은 없어졌지만 체코슬로바키아에서 일어난 듯한 사건 기사가 실려 있었다. 체코의 한 마을에 사는 어떤 사내가 돈벌이를 떠났다가 25년 뒤에 부자가 되어 아내와 어린아이를 데리고 귀향했다. 그의 어머니와 누이는 고향에서 여관을 경영하고 있었다. 그들을 놀라게 해주려는 마음에 사내는 아내와 아이를 다른 여관에 남겨두고 어머니 집으로 갔지만 어머니는 그를 알아보지 못했다. 그는 장난을 칠 셈으로 방을 하나 잡고 돈을 보여주었다. 밤중에 어머니와 누이는 그를 망치로 때려 죽이고 돈을 훔친 다음 시체를 강물 속에 던져버렸다. 아침이 되자 사내의 아내가 왔고, 자연스럽게 그 손님의 신분이 밝혀졌다. 어머니는 목을 맸고, 누이는 우물 속에 빠져 죽고 말았다. 아마 이 이야기를 몇 천 번은 읽었을 것이다. 한편으로는 사실 같지 않은 이야기지만 또 한편으로는 자연스러운 이야기다. 어쨌든 그런 결과에 대해 손님에게도 조금은 책임이 있는 것이고, 장난이란 함부로 칠 것이 아니라고 생각했다.

그렇게 잠을 자고, 지나간 일을 되새기고, 신문 기사를 읽는 동안 빛과 어둠이 교차하고 시간은 흘러갔다. 감옥에 있으면 시간관념을 잃어버린다고 어디에선가 읽은 적이 있었다. 하지만 읽었을 당시에는 내게 별 의미가 없는 말이었다. 한나절이 얼마나 길면서 짧을 수 있는지 알지 못했으니 말이다. 물론 그냥 지내기에도 길지만, 너무 길게 늘어져서 하루가 다른 하루로 넘치고 결국 서로 뒤섞여버렸다. 흘러

가는 시간은 이제 이름을 잃어버리게 되었다. 어제 또는 내일이라는 말만이 의미 있을 뿐이었다.

어느 날 간수가 내게 여기에 들어온 지 다섯 달이 지났다고 말했을 때, 나는 그의 말을 믿었지만 잘 이해할 수는 없었다. 내게는 언제나 같은 날이 감방으로 밀려오고, 나는 언제나 같은 일을 하고 있을 뿐이었다. 그날 간수가 떠난 뒤, 나는 쇠 밥그릇에 비친 내 얼굴을 들여다보았다. 아무리 마주 보고 웃으려 해도 내 표정은 심각했다. 나는 그릇을 내 앞에서 흔들어보았다. 나는 빙그레 웃었지만, 밥그릇에 비친 얼굴은 여전히 무뚝뚝하고 슬픈 표정이었다. 날이 저물고 있었다. 나로서는 이야기하고 싶지 않은 시간, 뭐라 표현할 수 없는 시간이었다. 형무소 아래층 여기저기에서 저녁의 소리가 침묵의 행렬을 지어 올라오는 그런 시간이었다. 나는 천장에 뚫린 창문으로 다가가 마지막 빛 아래서 다시 한번 내 얼굴을 들여다보았다. 여전히 심각한 표정이었지만 놀랄 일도 아니었다. 그때 심각한 표정을 짓고 있었다는 것이 뭐 그리 놀라운 일이겠는가. 하지만 그와 동시에 나는 몇 달 만에 내 목소리를 똑똑히 들었다. 나는 그것이 오래전부터 내 귀에 울리던 소리이며, 그동안 내가 혼잣말을 해왔음을 깨달았다. 그때 어머니의 장례식 날 간호사가 했던 이야기가 떠올랐다. 그렇다, 정말 빠져나갈 구멍이 없는 것이다. 그리고 형무소 안에서 맞는 저녁이 어떤 것인지는 아무도 상상할 수 없다.

3

빠르게 여름이 지나고 또다시 여름이 되었다. 첫더위가 심해질 때쯤 내게 새로운 일이 생길 것을 알고 있었다. 내 사건은 중죄재판소의 마지막 개정기에 잡혀 있었고, 그것은 6월로 끝이었다. 심리가 시작되었을 때, 밖에는 태양이 눈부시게 비추고 있었다. 변호사는 심리가 이삼 일 이상은 걸리지 않을 것이라고 확언하며 이렇게 덧붙였다.

"더구나 이번 회기에서 가장 중요한 사건은 당신 사건이 아니니까 법정에서도 서두를 겁니다. 이어서 존속살인사건을 심의하게 되거든요."

아침 일곱 시 반, 사람들이 나를 데리러 왔고 나는 호송차에 실려 법원으로 이송되었다. 경관 두 명이 지시하는 대로 어두침침한 작은 방으로 들어갔다. 우리는 문 옆에 앉아 기다렸다. 문 너머로 말소리, 외침 소리, 바닥에 끌리는 의자 소리, 그리고 마을 축제에서 공연이 끝난 뒤 춤을 출 수 있도록 홀을 정리할 때 들릴 법한 온갖 소란스러운 소리가 들렸다. 경관들은 내게 재판이 열릴 때까지 기다리라고 말했다. 그중 한 명이 내게 담배를 권했지만 나는 사양했다. 조금 뒤에 그는 내게 '두려운지' 물었다. 나는 그렇지 않다고 답했다. 지금껏 내 인생에서 이런 기회가 없었기 때문에 한편으로는 공판을 보게 되어 흥미롭기까지 하다고 말했다. "그야 그렇죠. 하지만 결국 싫증나고 말 거요"라고 다른 경관이 말했다.

잠시 후 방 안에서 작은 종소리가 들렸다. 경관들이 내 수갑을 풀고 문을 열어 나를 피고석으로 안내했다. 법정에는 사람들이 꽉 차 있었다. 커튼이 내려져 있었지만 햇빛이 여기저기 새어 들어왔고 공기는 숨이 막힐 지경이었다. 창문도 닫혀 있었다. 내가 의자에 걸터앉자 경관들이 내 양옆에 자리를 잡았다. 그제야 내 앞에 나란히 열을 지어 앉은 얼굴들이 눈에 띄었다. 그들은 모두 나를 바라보고 있었다. 나는 그들이 배심원이라는 것을 깨달았다. 그러나 그 얼굴들을 구별할 만한 특징은 찾지 못했다. 내가 받은 인상은 하나뿐이었다. 말하자면 나는 전차 좌석 앞에 서 있는 승객이고, 그들은 새로 탄 승객을 쳐다보며 웃음거리를 찾아내려 하는 익명의 승객들 같았다. 어리석은 생각이라는 것은 잘 알았다. 왜냐하면 배심원들이 찾고 있는 것은 웃음거리가 아니라 죄였으니까. 별 차이가 없는 것도 같지만, 어쨌든 그때 내 머릿속에는 그런 생각들이 스쳐갔다.

나는 그 숨 막히는 공간에 들어찬 사람들을 보며 어리둥절해졌다. 다시 법정 안을 둘러보아도 내가 알아볼 수 있는 얼굴은 하나도 없었다. 처음에 나는 그 모든 사람들이 나를 보기 위해 모여들었다는 사실을 깨닫지 못했다. 평상시에 사람들은 나에게 관심을 기울이지 않았기 때문이다. 나는 나 때문에 이 모든 소란이 벌어졌음을 이해하려고 애써야 했다. 내가 "사람이 굉장히 많군요!"라고 한 경관에게 말하자, 그는 신문 때문이라며 배심원석 아래 탁자 옆에 자리 잡은 한 무리의 사람들을 가리켰다. 그가 "저기들 있잖소"라고 말했다. "누구 말입니까?"라고 물으니 "신문기자들 말이오"라고 그가 다시 말했다. 그 순간, 한 기자가 경관을 알아보고는 우리 쪽으로 다가왔다. 꽤 나이가 많고 약간 찡그린 표정이었지만 호감이 가는 사내였다. 그는 아주 다정하게 경관과 악수를 했다. 그 순간 나는 마치 동호회에서 같은 세계에 속하는 사람들끼리 서로를 만나 반가워하듯, 이곳의 모든 사람들이 만나서 인사와 대화를 나누고 있다는 사실을 깨달았다. 내가 마치 불청객 같은 불필요한 존재가 된 듯한 이상한 느낌을 받았다. 그러나 그 기자는 웃으며 내게 말을 걸었다. 그는 모든 것이 나를 위해 잘되기를 바란다고 했다. 내가 고맙다고 하자 그가 이렇게 덧붙였다.

"아시겠지만 우리가 당신 사건을 좀 부풀렸어요. 여름철에는 기삿거리가 없거든요. 쓸 만한 기사는 이 사건하고 존속살인사건밖에 없었어요."

그러고는 자기가 있던 무리 가운데 큼직한 검은 테 안경을 쓴 살찐 족제비처럼 생긴 자그마한 사내를 가리켰다. 그는 파리의 한 신문사에서 온 특파원이라고 했다.

"저 사람은 원래 당신 사건을 취재하러 온 게 아니래요. 존속살인사건 취재차 왔다가 당신 사건에 대한 기사도 같이 보내라는 지시를 받았답니다."

하마터면 고맙다고 할 뻔했다. 하지만 그것이 우스운 일이라는 생각이 들었다. 기자는 내게 살짝 다정한 손짓을 해 보이고는 자리로 돌아갔다. 우리는 몇 분을 더 기다렸다.

내 변호사는 법복을 입고 많은 동료들에게 둘러싸인 채 들어왔다. 그는 기자들에게 다가가 악수를 했다. 그들은 웃으며 농담을 나누었고, 법정 안의 종이 울리는 그 순간까지 느긋해 보였다. 모두 자리에 앉았다. 변호사는 내게 다가와 악수를 하면서, 질문을 받으면 짤막하게 대답하고 먼저 말을 꺼내지 말아야 하며 나머지는 자기에게 맡기라고 조언했다.

왼쪽에서 의자를 뒤로 당기는 소리가 들리더니 붉은 법복을 입고 코안경을 쓴, 키 크고 호리호리한 남자가 조심스럽게 옷을 추스르며 앉는 것이 보였다. 그가 검사였다. 집행관이 개정을 알렸다. 그와 동시에 커다란 선풍기 두 대가 윙윙 돌아가기 시작했다. 판사 세 명 가운데 둘은 검은 옷을 입고 하나는 붉은 옷을 입고 있었다. 그들은 서류를 가지고 들어와 법정이 한눈에 내려다보이는 단상으로 빠르게 걸어갔다. 붉은 법복을 입은 남자는 중앙에 자리 잡고 앉아서는, 법모를 벗어 내려놓고 그 작고 벗겨진 머리를 손수건으로 닦고 나서 개정을 선언했다.

기자들은 이미 펜을 손에 쥐고 있었다. 그들은 모두 무심한 듯하면서도 경멸에 찬 표정을 짓고 있었다. 그러나 회색 플란넬 옷에 파란색 넥타이를 맨 한 젊은 기자는 펜을 내려놓은 채 나를 바라보고 있었다. 좌우 균형이 잘 맞지 않는 듯한 그의 얼굴에서 나는 맑은 두 눈만을 볼 수 있었다. 나를 유심히 살펴보는 그의 표정은 뭐라고 정의하기 힘들었다. 마치 내가 나 자신을 바라보고 있는 듯한 야릇한 인상을 받았다. 아마도 그 때문에, 그리고 그곳의 관례를 잘 몰라서, 내가 뒤이어 일어난 모든 일들을 잘 이해할 수 없었던 모양이다. 배심원들의 추첨과 변호사, 검사, 배심원을 향한 재판장의 질문(질문을 받을 때마다 배심원들의 고개가 일제히 재판장석으로 향했다), 내가 아는 지명과 인명이 나오는 기소장의 빠른 낭독, 그리고 변호사에게 쏟아진 질문 세례.

재판장이 증인들을 소환하겠다고 말했다. 나는 집행관이 부르는 이름을 주의 깊게 들었다. 좀 전까지만 해도 소란스러웠던 방청객들 사이에서 한 사람씩 일어서서 옆문으로 사라지는 것이 보였다. 양로원 원장, 수위, 토마 페레스 영감, 레몽, 마송, 살라마노, 마리였다. 마리는 걱정스러운 듯 작게 손짓을 해 보였다. 나는 여태껏 그들을 발견하지 못했다는 사실에 놀랐다. 바로 그때, 마지막으로 이름이 불린 셀레스트가 일어섰다. 그의 곁에는 언젠가 식당에서 봤던 그 키 작은 여자가 그 재킷을 입고서 확고하고 결연한 자세로 앉아 있는 것이 보였다. 그녀는 나를 뚫어지게 쳐다보았다. 그때 재판장이 발언을 시작하는 바람에 나는 깊이 생각할 여유가 없었다. 그는 이제부터 본격적인 심리가 진행될 것이라고 선언한 뒤, 방청객들에게는 새삼스레 정숙을 요구할 필요조차 없을 것이라 생각한다고 말했다. 그의 말대로라면 사건의 심리를 공정하게 진행하는 것이 자기 직분이며, 객관적인 시각으로 그렇게 하고자 한다는 것이었다. 배심원들은 정의의 정신에 입각하여 판결을 내릴 것이며, 작은 사고라도 발생할 경우 퇴장을 명할 것이라고 말했다.

열기가 점점 올라왔고, 방청객들이 신문으로 부채질하는 모습도 보였다. 그래서 계속해서 종이 바스락거리는 소리가 작게 들렸다. 재판장이 손짓을 하자 집행관이 짚으로 엮은 부채 세 개를 가져왔고, 판사 세 명은 바로 부채질을 시작했다.

곧 심문이 시작되었다. 재판장은 내게 부드럽게, 심지어 다정하게 들리기까지 하는 어조로 물었다. 또다시 신분에 대한 질문을 받아 귀찮기는 했지만 마음속으로는 당연한 일이라고 생각했다. 왜냐하면 다른 사람으로 잘못 알고 재판을 한다면 너무나 심각한 일이기 때문이다. 재판장은 내가 한 일을 읽기 시작했다. 두서너 문장이 끝날 때마다 번번이 "맞습니까?"라고 물었다. 그럴 때마다 나는 변호사의 지시에 따라 "네, 그렇습니다, 재판장님"이라고 대답했다. 재판장이 아주 세세히 이야기를 하는 바람에 시간이 많이 걸렸다. 그동안 기자들은 쉴 새 없이 받아 적고 있었다. 그들 가운데 가장 젊은 기자와 키 작은 자동인형 같은 여자의 시선이 느껴졌다. 전차 좌석같이 생긴 의자에 앉은 사람들은 모두 재판장 쪽으로 고개를 돌리고 있었다. 그는 기침을 하고 서류를 뒤적이더니 부채질하며 나를 돌아보았다.

재판장은 이제부터 언뜻 내 사건과 무관해 보이지만 실제로는 밀접한 관계가 있을 문제를 검토해야겠다고 말했다. 또 어머니 이야기를 하는 것이려니 싶어 성가시다는 생각이 들었다. 재판장은 내게 어머니를 왜 양로원에 보냈느냐고 물었다. 나는 어머니를 부양할 돈이 없었기 때문이라고 대답했다. 그 비용을 나 혼자 부담해야 했느냐고 묻기에, 어머니나 나나 우리는 서로에게 아무것도 기대할 것이 없었고, 또 누구에게도 기대하지 않았으며, 이미 각자의 새로운 생활에 익숙해져 있었다고 대답했다. 그러자 재판장은 그 점에 관해서는 더 이상 강조하지 않겠다고 말한 다음, 검사에게 다른 질문이 있는지 물었다.

검사는 내게서 반쯤 등을 돌리고 나를 보지도 않은 채, 재판장이 허락한다면 내가 그 아랍인을 죽일 생각으로 혼자서 샘으로 돌아갔는지 묻고 싶다고 했다. 나는 "아닙니다"라고 말했다.

"그렇다면 무기는 왜 들고 갔고, 정확히 그곳으로 다시 돌아간 이유는 무엇이었나요?"

나는 우연이었다고 대답했다. 검사는 못마땅한 목소리

로 "지금은 더 이상 질문이 없습니다"라고 말했다. 그 뒤로 모든 것이 조금 혼란스러웠다. 적어도 나는 그랬다. 그러나 잠시 의논을 한 뒤 재판장은 오후까지 휴정한 뒤 증인 심문을 하겠다고 선언했다.

나는 생각할 겨를이 없었다. 그곳에서 끌려 나와 호송차에 몸을 싣고 형무소로 돌아온 뒤 식사를 했다. 겨우 피곤함을 느낄 만한 짧은 시간이 지난 뒤, 나는 다시 불려 갔다. 모든 것이 다시 시작되었고 나는 같은 공간, 같은 얼굴들 앞에 있는 나 자신을 발견했다. 다만 더위가 심해지자 마치 기적이 일어나기라도 한 듯 모든 배심원과 검사, 변호사 그리고 몇몇 기자들까지도 밀짚 부채를 손에 쥐게 되었을 뿐이었다. 젊은 기자와 키 작은 여자도 여전히 거기에 있었다. 그러나 그들은 부채질도 하지 않고 묵묵히 나를 응시했다.

나는 얼굴에 흐르는 땀을 닦았다. 양로원 원장의 이름이 불릴 때에야 비로소 법정과 나 자신에 대한 의식을 되찾을 수 있었다. 어머니가 나에 대해 불평한 일이 있느냐고 묻자 원장은 그렇다고 답했다. 하지만 가까운 이들에 대해 불평을 늘어놓는 것은 원생들이 가진 이상한 습관 같은 것이라고 덧붙였다. 내가 양로원으로 보낸 것을 어머니가 못마땅하게 여겼는지 재판장이 따져 묻자 원장은 또 그렇다고 대답했다. 그러나 이번에는 설명을 덧붙이지 않았다. 또 다른 질문에 그는 장례식 날 내가 너무 무덤덤해 보여서 놀랐다고 대답했다. '무덤덤함'이 어떤 뜻인지 묻자 원장은 발끝을 내려다보고는, 내가 어머니를 보려고 하지도 않았고, 눈물을 보인 적도 없으며, 장례식이 끝난 뒤에도 무덤 앞에서 묵도를 하지 않고 바로 자리를 떴다고 말했다. 그가 놀란 이유는 또 있었다. 장의사 인부 한 명이 내가 어머니의 연세를 모르더라고 했다는 것이다. 잠시 침묵이 흐른 뒤, 재판장은 원장에게 여태까지 한 말이 틀림없이 나에 관한 것이냐고 물었다. 원장이 질문의 뜻을 알아차리지 못하자 재판장이 "법률상 하는 질문입니다"라고 설명했다. 그러고는 검사에게 증인에게 질문할 것이 더 있느냐고 물었는데, 검사는 "아, 아닙니다. 이것으로 충분합니다!"라고 큰 소리로 대답했다. 그 목소리가 너무 우렁차고 나를 바라보는 그의 시선이 너무 의기양양해서, 어리석게도 나는 몇 년 만에 처음으로 울고 싶어졌다. 이 모든 사람들이 나를 얼마나 미워하는지 느낄 수 있었기 때문이다.

판사는 배심원단과 변호사에게 다른 질문이 없는지 묻고는 수위를 불렀다. 다른 증인들과 같은 절차가 되풀이되었다. 자리에 나와 선 수위는 나를 바라보고는 다른 곳으로 눈길을 돌렸다. 그는 내가 어머니를 보고 싶어 하지 않았으며, 담배를 피우고, 잠을 자기도 했으며, 카페오레도 마셨다고 진술했다. 그때 장내가 술렁이는 것을 느꼈다. 나는 처음으로 내가 죄인이라는 것을 깨달았다. 재판장은 수위가 카페오레와 담배 이야기를 반복하도록 했다. 검사가 비웃는 눈빛으로 나를 바라보았다. 그때 변호사가 수위에게 나와 같이 담배를 피우지 않았느냐고 물었다. 그러자 검사가 벌떡 일어서서 큰 소리로 이의를 제기했다.

"지금 죄인이 누굽니까? 증언을 평가절하하기 위해 증인의 체면을 깎아내리다니 무슨 짓입니까? 아무리 그렇더라도 이것이 결정적인 증언임에는 변함없습니다!"

그럼에도 재판장은 수위에게 질문에 대답하라고 지시했다. 수위는 당황한 기색으로 대답했다.

"제가 잘못했다는 것은 잘 압니다. 그렇지만 저분이 권한 담배를 사양할 수 없어서 그랬습니다."

끝으로 나에게 더 할 말이 없느냐고 묻기에 대답했다.

"없습니다. 다만 증인의 말이 옳다는 것을 말씀드립니다. 제가 그에게 담배를 권한 것은 사실입니다."

수위는 그때 약간의 놀라움과 일종의 감사의 뜻이 담긴 눈길로 나를 바라보았다. 잠시 망설이더니 그는 카페오레를 권한 것은 자신이라고 말했다. 변호사는 의기양양한 말투로 배심원들이 그 사실을 고려할 거라고 외쳤다. 그러나 검사가 우리 머리 위로 벼락같이 소리를 지르며 말했다.

"예, 배심원들께서는 그 사실을 고려하실 겁니다. 하지만 증인이야 고인과 무관한 사람으로 커피를 권할 수도 있겠지만, 자기를 낳아준 어머니의 시신 앞에 선 아들로서는 모름지기 사양했어야 한다고 결론 내리실 겁니다."

수위는 자기 자리로 돌아갔다.

토마 페레스의 차례가 되었을 때, 집행관이 그를 증인석까지 부축해 와야 했다. 페레스는 내 어머니와는 잘 알고 지냈지만, 나는 장례식 날 한 번 만났을 뿐이라고 말했다. 그 날 내가 무엇을 했느냐는 질문에 그는 이렇게 답했다.

"이해하시겠지만 저는 그날 너무 슬퍼서 아무것도 보지 못했습니다. 슬픔 때문에 아무것도 눈에 보이지 않았습니다. 저에게는 매우 슬픈 일이었으니까요. 심지어 저는 기절하기까지 했습니다. 그래서 사실 저분은 보지 못했습니다."

검사가 적어도 내가 우는 것은 보았느냐고 물었다. 페레스는 보지 못했다고 대답했다. 그러자 검사가 "배심원들께서는 이 점을 고려하시기 바랍니다"라고 말했다. 그러자 변호사가 화를 내며 페레스에게 '그럼 내가 울지 않는 것은 보았느냐'고 과장된 목소리로 물었다. 페레스는 "아니요"라고 대답했다. 방청객들이 웃음을 터뜨렸다. 변호사는 한쪽 소매를 걷어붙이며 단호한 어조로 말했다.

"이 사건은 전부 이 모양입니다. 모든 것이 사실이라지만 사실인 것은 없습니다."

검사는 굳은 얼굴로 기록문서의 제목을 연필로 찌르고 있었다.

5분 동안 휴정하는 사이, 변호사는 내게 모든 것이 아주 잘되어간다고 말했다. 휴정이 끝난 뒤에는 피고 측이 요청한 셀레스트의 증언이 이어졌다. 피고 측이란 다름 아닌 나였다. 셀레스트는 이따금씩 나를 바라보며 손에 쥔 파나마 모자를 돌리고 있었다. 그는 새 양복 차림이었는데 일요일에 나와 함께 경마장에 갈 때 입던 것이었다. 깃은 달지 못했는지 셔츠를 구리 단추로 채웠다. 내가 그의 손님이었느냐는 질문에 그는 "그렇습니다. 하지만 친구이기도 했습니다"라고 말했다. 나를 어떻게 생각하느냐는 질문에 그는 내가 사나이답다고 대답했다. 사나이답다는 것이 무슨 뜻이냐고 물으니 그게 무슨 뜻인지는 누구나 다 알 것이라고 말했다. 내가 내성적인 성격이라는 것을 알고 있었느냐는 질문에, 쓸데없는 말을 하지 않는 성격이라는 점에서는 그렇다고 볼 수 있다고 대답했다. 내가 음식 값은 잘 냈느냐고 검사가 묻자 셀레스트는 웃으며 "그것은 우리 둘의 사적인 문제입니다"라고 말했다. 내 범죄를 어떻게 생각하느냐는 질문을 받자 그는 손으로 증언대 모서리를 잡았다. 할 말을 미리 준비했다는 것을 알 수 있었다.

"제 생각에 그건 불운입니다. 불운이 무엇인지는 누구나 압니다. 불운이라는 건 어찌할 도리가 없죠. 제 생각에 그것은 확실히 불운입니다."

그가 말을 이으려 했지만 재판장이 그만하면 충분하다며 수고했다고 말했다. 셀레스트는 조금 얼떨떨한 듯했다. 하지만 그는 좀 더 말하고 싶다고 선언했다. 재판장은 짧게 해 달라고 요청했다. 셀레스트는 그것은 하나의 불운이라고 되풀이해서 말했다. 재판장이 그에게 말했다.

"네, 알겠습니다. 하지만 우리가 할 일은 그러한 불운을 심판하는 겁니다. 수고하셨습니다."

지혜를 발휘해 성의껏 증언을 했지만 어쩔 수 없었다는 듯 셀레스트는 내게로 고개를 돌렸다. 그의 눈은 빛나고 입술은 떨리고 있었다. 나를 위해 자기가 좀 더 할 수 있는 일이 무엇일까 내게 묻는 듯했다. 나는 아무 말도, 아무 몸짓도 하지 않았다. 그러나 내 인생에서 한 인간을 껴안고 싶은 마음이 든 것은 그때가 처음이었다. 재판장은 다시 그에게 증언대에서 내려가라고 명령했다. 셀레스트는 방청객들 사이로 가서 앉았다. 재판이 진행되는 동안 그는 몸을 앞으로 약간 기울여 팔꿈치를 무릎에 괴고 파나마모자를 손에 든 채 모든 이야기에 귀를 기울이고 있었다. 마리가 들어왔다. 모자를 쓴 그녀는 역시 아름다웠다. 하지만 머리를 풀고 있는 것이 더 낫다고 생각했다. 내가 앉은 곳에서 보기에도 그녀 젖가슴의 볼륨감이 느껴졌고, 여전히 약간 도톰한 아랫입술도 보였다. 그녀는 매우 긴장한 것 같았다. 언제부터 나를 알았느냐는 질문에 그녀는 우리 사무실에서 일하던 시기를 언급했다. 재판장은 그녀가 나와 어떤 사이인지 알고 싶어 했다. 마리는 친구라고 말했다. 또 다른 질문에 대해 그녀는 나와 결혼하기로 되어 있는 것이 사실이라고 대답했다. 서류를 뒤적이던 검사가 불현듯 언제부터 우리 관계가 시작되었는지 물었다. 마리가 날짜를 댔다. 검사는 냉담하게 그날이 어머니가 돌아가신 다음 날일 것이라고 지적했다. 그러고는 약간 빈정거리는 투로, 그런 미묘한 사정을 더 캐묻고 싶지도 않고 또 마리가 불안해하는 것도 충분히 이해하지만(여기서 어조가 한층 냉정해졌다) 자기 의무를 다하려면 결례를 범할 수밖에 없다고 말했다. 검사는 마리에게 내가 그녀를 진정으로 알게 된 그날의 일과를 요약해서 말해달라고 요구했다. 마리는 이야기하기를 꺼렸지만 검사의 다그침에 못 이겨, 해수욕을 갔다가 영화 구경을 했고 둘이서 내 집으로 돌아왔다고 말했다. 검사는 예심에서 마리의 진술을 듣고 그날의 영화 프로그램을 조사해보았다고 말했다. 그러고는 그때 무슨 영화가 상영 중이었는지 마리가 직접 말해주기를 바란다고 덧붙였다. 마리는 질린 목소리로 페르낭델 영화였다고 말했다. 그녀의 말이 끝나자 법정 안은 잠잠해졌다. 그때 검사가 자리에서 일어나 매우 심각하게, 감정이 실린 목소리로 내게 손가락질을 하며 천천히 또박또박 말했다.

"배심원 여러분, 어머니가 죽은 다음 날 이 사람은 수영을 하고 난잡한 관계를 맺고 희극 영화를 보며 시시덕거렸습니다. 더 말할 가치도 없습니다."

침묵이 흐르는 가운데 검사는 말을 마치고 자리에 앉았다. 갑자기 마리가 흐느껴 울기 시작했다. 그런 것이 아니고, 다른 것이 있으며, 자기가 생각하는 것과 다른 이야기를 하도록 강요당했다고 말했다. 자기는 나를 잘 알고 있으며, 내가 나쁜 짓을 하지 않았다고 말했다. 그러나 재판장이 손짓을 하자 집행관이 그녀를 데리고 나갔고 공판은 이어졌다.

뒤이어 나온 마송은 내가 착한 사람이며, '그리고 덧붙이자면 선량한 사람'이라고 말했지만 듣는 사람은 거의 없었다. 살라마노도 내가 그의 개에 대한 일로 친절하게 대해주었다는 점을 말하고, 나와 어머니에 관한 질문을 받고서는 내가 더 이상 어머니와 나눌 말이 없어서 어머니를 양로원에 보낸 것이라고 대답했지만 이 역시 들어주는 사람이 없었다. "이해해주셔야 합니다. 이해 바랍니다"라고 살라마노가 말했지만 이해하는 사람은 아무도 없는 것 같았다. 그는 끌려 나갔다.

이제 레몽의 차례였다. 그가 마지막 증인이었다. 레몽은 내게 슬쩍 손짓을 하더니 다짜고짜 내게는 죄가 없다고 말했다. 하지만 재판장은 판단이 아니라 사실을 요구하는 것이라고 지적했다. 그리고 질문을 듣고 나서 답을 하라고 주의를 주었다. 재판장은 먼저 그와 피해자의 관계를 정확하게 설명하라고 했다. 레몽은 자기가 피해자 누이의 뺨을 때린 후로 피해자가 자기를 미워하고 있었다고 말했다. 그러나 재판장은 피해자가 나를 미워할 이유는 없었는지 물었다. 레몽은 내가 바닷가에 같이 있었던 것은 우연이었다고 말했다. 검사는 그렇다면 어째서 사건의 발단이 된 그 편지를 내가 썼느냐고 물었다. 레몽은 그것도 우연이었다고 답했다. 검사는 이 사건에서는 우연이 이미 진상을 왜곡하기에 이르렀다고 반박했다. 레몽이 정부의 뺨을 때렸을 때 내가 말리지 않은 것도 우연인지, 내가 경찰서에서 증인이 된 것도 우연인지, 또한 증인으로서 그에게 호의적인 진술만

한 것도 우연이었는지 알고 싶다고 했다. 검사는 끝으로 레몽의 직업을 물었다. 레몽이 '창고 관리인'이라고 답하자 검사는 배심원들에게 증인이 포주라는 것은 모두 다 아는 사실이라고 말했다. 나는 그의 공범자요, 친구이다. 그러므로 내 사건은 저속한 사건 가운데서도 가장 저급한 부류이고, 내가 도덕적으로 파렴치한이기 때문에 더 심각하다는 것이었다. 레몽이 스스로를 변호하려 했고 변호사도 항의를 했지만 그들은 검사의 말을 끝까지 들으라는 지적을 받았다. 검사는 "저는 더 길게 말하지 않겠습니다"라고 말한 뒤, 레몽에게 "피고가 당신 친구였습니까?"라고 물었다. 레몽은 "그렇습니다. 내 친구였습니다"라고 대답했다. 그러자 검사가 내게 같은 질문을 했고, 나는 레몽을 바라보았다. 그는 내 눈을 피하지 않았다. 나는 "그렇습니다"라고 대답했다. 검사는 배심원들 쪽으로 돌아서며 선언했다.

"자기 어머니가 죽은 다음 날 수치스럽고 방탕한 행위에 몰두했던 그 사내가 대수롭지 않은 이유로, 차마 말로 표현할 수 없는 이 치정 사건을 마무리하려고 살인을 저지른 것입니다."

그는 말을 마치고 자리에 앉았다. 그러나 변호사는 참다 못해 두 팔을 높이 들어 올리며 소리쳤다. 소매가 흘러내려 풀 먹인 셔츠의 주름이 드러났다.

"도대체 피고는 어머니의 장례를 치렀다는 이유로 기소된 것입니까, 살인을 한 것으로 기소된 것입니까?"

방청객들이 웃었다. 그러나 검사는 다시 일어서서 법복 매무새를 가다듬고는, 존경하는 변호사님처럼 순진하지 않고서야 그 두 가지 사실의 근본적이고 비장하며 본질적인 관계를 파악하지 못할 수는 없다고 선언하였다. 그는 "그렇습니다. 범죄인의 마음으로 어머니의 장례를 치렀으므로 피고의 죄를 주장하는 것입니다" 하고 기운차게 외쳤다. 이 선언은 법정 안에 있는 사람들 사이에 큰 반향을 일으킨 듯했다. 변호사는 어깨를 으쓱해 보이고는 이마에 흐르는 땀을 닦았다. 그러나 그 자신도 동요한 기색이었고, 나는 결코 내게 유리한 상황이 아니라는 것을 깨달았다.

공판이 끝났다. 법원을 나와 호송차에 오르면서 나는 아주 짧게나마 여름날 저녁의 냄새와 색깔을 느꼈다. 어두컴컴한 호송차 속에서 나는 내가 좋아하던 도시의, 내가 행복을 느끼던 어떤 시간의 귀에 익은 모든 소리들을 지친 마음속에서 끄집어내듯 하나씩 찾아낼 수 있었다. 이미 나른해진 공기 속에서 들려오는 신문팔이들의 외침, 공원에서 들려오는 마지막 새소리, 샌드위치 장수의 신호, 고지대의 휘어진 길목에서 울리는 전차의 경적, 그리고 항구에 밤이 내려앉기 전 울리는 하늘의 웅성거림. 이 모든 것들은 감옥에 들어오기 전에 익히 알던 것이었지만, 이제는 눈먼 이가 길을 더듬어가는 것과 같은 느낌이었다. 그렇다. 오래전, 내가 행복을 느끼던 시간이었다. 그때 나를 기다리고 있던 것은 언제나 꿈도 없는 가벼운 잠이었다. 하지만 이제는 무언가 달라졌다. 왜냐하면 내일을 기다리는 동시에 지금 내가 만나게 되는 것은 나의 감방이었기 때문이다. 마치 여름 하늘 속에 그려진 낯익은 길들이 나를 순진한 잠으로 이끌 수도 있고, 또한 감옥으로 이끌어 갈 수도 있는 것처럼.

4

심지어 피고석에 앉아서 듣는다고 할지라도, 자기에 대한 이야기를 듣는 것은 늘 흥미로운 법이다. 검사와 변호사가 변론을 주고받는 동안 사람들은 내 이야기를 많이 했다. 아마 내가 저지른 범죄 이야기보다 나에 대한 이야기를 더 많이 한 것 같다. 하지만 양쪽의 변론들이 크게 다른 것이었던가? 변호사는 두 팔을 들어 올리고 범죄를 인정하되 해명을 했고, 검사는 손을 뻗치며 유죄를 고발하되 해명마저 없었다. 나는 은근히 신경 쓰이는 일이 하나 있었다. 때로는 나도 그들의 말에 끼어들고 싶었다. 하지만 그때마다 변호사가 "가만있어요. 그래야 일이 잘 풀립니다" 하고 말하는 것이었다. 어떻게 보면 사건이 나와 무관하게 다루어지는 것 같았다. 나는 참여도 하지 못한 채 모든 것이 진행되었다. 내 의견은 묻지도 않은 채 내 운명이 결정되는 것이었다. 때로 나는 다른 사람들의 이야기를 가로막고 이렇게 말하고 싶었다.

"아니 도대체 누가 피고입니까? 피고가 중요한 겁니다.

나도 할 말이 있단 말입니다!"

하지만 막상 생각해보면 할 말은 없었다. 게다가 사람들의 관심을 끄는 데서 느끼는 흥미는 오래 지속되지 않는다는 것을 인정하지 않을 수 없었다. 가령, 검사의 변론도 내게는 금세 싱겁게 느껴졌다. 내 관심을 끌거나 흥미를 불러일으킨 것은 단편적인 말과 몸짓들, 혹은 전체와는 동떨어진 연설들뿐이었다.

내가 제대로 이해했다면 검사의 요점은 내가 미리 계획하고 범죄를 저질렀다는 것이었다. 그는 그것을 증명하려 했고, 이렇게 말하기까지 했다.

"제가 여러분께 입증해 보이겠습니다. 그것도 이중으로 말입니다. 명백한 사실에 비추어서, 그리고 이 범죄자 영혼의 심리 상태가 빚어내는 어두운 빛에 비추어서 증명할 수 있습니다."

검사는 어머니가 돌아가신 뒤의 사실들을 요약했다. 내가 냉담한 반응을 보였다는 것, 어머니의 연세를 몰랐다는 것, 이튿날 여자와 해수욕을 하러 갔다는 것, 페르낭델의 영화를 보고 마리와 함께 집으로 돌아왔다는 것을 다시 언급했다. 내가 검사의 말을 이해하기까지는 시간이 조금 걸렸다. 그가 '그의 정부'라는 말을 썼기 때문이다. 그러나 내게는 그냥 마리였을 뿐이었다. 그리고 검사는 레몽에 대한 이야기를 했다. 검사가 사건을 보는 방식에서 명백함이 부족한 것 같지는 않았다. 그의 이야기는 그럴듯했다. 나는 레몽과 합의하여 그의 정부를 꾀어다가 '도덕적으로 의심스러운' 사내에게 부당한 대우를 받도록 넘기기 위해 편지를 썼다. 바닷가에서 레몽의 적들에게 시비를 건 것은 나였다. 레몽은 다쳤다. 나는 레몽에게 권총을 건네받고는 그것을 사용하려고 혼자서 되돌아갔다. 그리하여 계획대로 아랍인을 쏘았다. 나는 기다렸다가 '일이 잘되었음을 확인하려고' 다시 네 발의 탄환을 태연자약하게, 확실하게, 말하자면 또렷한 의식을 가지고 쏘았다.

"이상입니다" 하고 검사가 말했다.

"여러분께 이자가 상황을 완전히 인지한 상태에서 살인을 저지르기까지의 사건 경위를 말씀드렸습니다. 저는 이 점을 강조하고자 합니다. 왜냐하면 이것은 보통의 살인, 정상을 참작할 만한 반사적 행동이 아니기 때문입니다. 여러분, 이자는 지능이 떨어지는 사람도 아닙니다. 여러분도 이자의 진술을 듣지 않으셨습니까? 어떻게 대답해야 하는지도 알고, 말의 의미도 잘 알고 있습니다. 그러므로 자기가 무슨 일을 하는지 깨닫지 못한 채 행동했다고 볼 수는 없습니다."

귀를 기울이고 있던 나는, 내가 지능이 떨어지는 사람이 아니라는 말을 들었다. 그러나 보통 사람이라면 가지고 있는 능력이 어떻게 범인에게는 불리한 조건이 되는 것인지 나는 도무지 이해할 수 없었다. 적어도 나는 그것에 적잖이 놀랐다. 그래서 그 뒤로는 검사의 말에 귀 기울이지 않았지만 잠시 후 이런 말이 들렸다.

"피고가 조금이라도 후회하는 기미를 보인 적이 있습니까? 전혀 없었습니다, 여러분. 이자는 예심 때도 이 가증스러운 범행에 대해 단 한 번도 뉘우친 적이 없습니다."

바로 그때 그는 내 쪽으로 돌아서서 손가락으로 나를 가리키며 열변을 토했는데, 사실 나는 그 이유를 잘 알 수 없었다. 물론, 일리가 있는 이야기이긴 했다. 나는 내 행동을 그다지 뉘우치고 있지 않았다. 하지만 그가 그렇게 악착같은 모습을 보이는 데는 조금 놀랐다. 나는 그에게 진심으로, 애정을 담아, 지금까지 나는 무언가를 후회해본 적이 없다고 설명해주고 싶었다. 나는 항상 앞으로 내게 일어날 일, 오늘의 일, 또는 내일의 일에 마음이 팔려 있었다. 하지만 당연히 내 처지에서는 누구에게도 그런 식으로 말할 수 없었다. 나는 다정스러운 태도로 대하거나 선의를 가질 권리가 없는 것이다. 그때 검사가 다시 내 영혼에 관한 이야기를 시작했고, 나는 귀를 기울였다.

"그의 영혼을 들여다보았으나 아무것도 찾을 수 없었습니다, 배심원 여러분" 하고 검사는 말했다. 사실 내게는 영혼이라는 것이 전혀 없으며, 인간다운 점이 조금도 없고, 인간의 마음을 보전하는 도덕적 원리도 찾아볼 수 없었다는 것이다. "물론" 하고 그는 덧붙여 말했다.

"우리는 그걸 가지고 그를 비난할 수 없습니다. 그가 가질 수 없는 것이 그에게 없다고 나무랄 수는 없는 일입니다. 그러나 적어도 이 법정에서만큼은 소극적인 관용의 덕이 더 엄격하고 더 높은 정의의 덕으로 바뀌어야 합니다. 특히 이 사람에게서 볼 수 있는 것처럼, 마음의 공허는 사회 전체를 집어삼키는 심연이 되기도 하기 때문입니다."

어머니에 대한 내 태도에 대해 언급한 것은 바로 그때였다. 그는 심리 과정에서 했던 말을 되풀이했다. 그러나 그것은 내 범죄에 대한 이야기보다도 훨씬 더 길었다. 너무 길어서 결국 그날 아침의 더위밖에는 아무것도 느낄 수 없었다. 얼마 후 검사는 말을 끊고 잠시 기다렸다가 다시 매우 낮고 자신 있는 목소리로 말하기 시작했다.

"여러분, 내일 이 법정에서는 가장 괘씸한 범죄인, 자신의 아버지를 살해한 범죄를 심판하게 됩니다."

그의 말에 따르면 이 잔악한 범죄는 상상조차 할 수 없을 정도로 무서운 것이다. 그는 인간 사회의 율법이 엄중한 처단을 내려주기를 바랐다. 그러나 그 범행이 주는 공포도 나의 냉담함에 대해 느끼는 공포에는 미치지 못한다고 거침없이 말할 수 있었다. 또한 윤리적 측면에서 자기 어머니를 죽인 사람은, 실제로 자기 아버지를 살해한 사람과 마찬가지로 인간 사회에서 퇴출되어야 한다. 어쨌든 전자는 후자의 행위에 바탕이 되며, 말하자면 그러한 행위를 예고하고 정당화한다는 것이다.

"여러분, 저는 확신합니다"라고 그가 목소리를 높여 덧붙였다.

"피고석에 앉은 이 사람이 내일 이 법정에서 재판을 받을 살인범과 같은 죄인이라고 말하더라도, 여러분은 제 생각이 지나치다고 생각하지 않으실 겁니다. 그러므로 이 사람은 형벌을 받아야 합니다."

이때 검사는 땀으로 번들거리는 얼굴을 닦았다. 끝으로 그는 자기 의무는 고통스러운 것이지만, 단호히 그것을 수행하겠다고 선언했다. 나는 사회의 가장 근본적인 율법을 무시했으므로 이 사회와는 무관하며, 인간이 느끼는 기본적인 반응도 모르는 사람이므로 인정에 호소할 수도 없을 것이라고 말했다.

"저는 여러분께 이자의 목을 요구합니다. 하지만 마음은 가볍습니다. 흉악함밖에는 보이지 않는 이 남자의 얼굴 앞에서 제가 느끼는 공포가 그 괴로움을 충분히 상쇄해주니까요. 저는 짧지 않은 재직 기간 동안 여러 번 사형선고를 요청했지만, 오늘처럼 이 괴로운 의무가 형평에 맞는 명백하고 신성한 지상 명령이라고 느껴본 적이 없습니다."

검사가 자리에 앉았고, 꽤 오랫동안 침묵이 흘렀다. 나는 덥고 당황스러워서 어지러울 지경이었다. 재판장은 기침을 하더니 낮은 목소리로 내게 더 할 말이 없는지 물었다. 나는 말을 하고 싶었기에 자리에서 일어나 생각나는 대로, 아랍인을 죽이려는 의도는 없었다고 말했다. 재판장은 그건 하나의 주장일 뿐이라며 아직까지도 내 변론의 방향을 잘 모르겠으니 변호사의 말을 듣기 전에 내가 그런 행동을 한 이유를 정확히 말해달라고 했다. 내가 우스워 보인다는 사실을 알면서도 나는 빠르게, 그리고 두서없이 태양 때문이었다고 불쑥 내뱉었다. 장내에 웃음이 터졌다. 변호사는 어깨를 으쓱해 보였다. 뒤이어 그에게 발언권이 주어졌으나 시간도 늦었고 자기 진술은 많은 시간을 필요로 하니 공판을 오후로 연기해달라고 요청했다. 법정은 동의했다.

커다란 선풍기는 오후에도 실내의 무더운 공기를 휘저었고, 배심원들이 든 가지각색의 조그만 부채들은 모두 일정하게 움직였다. 변호사의 변론은 언제 끝날지 알 수 없었다. 그러다 문득 나는 그의 말에 귀를 기울였다. "내가 사람을 죽인 것은 사실입니다"라고 그가 말했기 때문이다. 그는 그런 말투로 이야기를 이어나갔다. 나에 관해 말할 때마다 그는 '나'라고 했다. 나는 어리둥절했다. 경관에게 몸을 굽히고 그 이유를 물었다. 경관은 조용히 하라고 하면서, "변호사들은 모두 그렇게 해요"라고 덧붙였다. 나는 그것이 나를 이 사건에서 배제하고, 나를 아무것도 아닌 것으로 만들며, 어떤 의미에서는 나를 대체하려는 것이라고 생각했다. 하지만 나는 벌써 그 법정에서 너무 멀어져버렸다고 느꼈다. 내 변호사도 우스워 보였다. 그는 나의 도발에 대해 신속히 변론한 다음, 내 영혼에 관해 이야기했다. 하지만 검사의 능력에 훨씬 못 미치는 것 같았다.

"저 역시 피고의 영혼을 자세히 들여다보았습니다. 검찰청의 훌륭한 대리인과 달리 저는 거기서 무언가를 발견할 수 있었습니다. 그리고 환히 읽어낼 수 있었습니다."

그는 내가 착한 사람이고, 규칙적으로 생활하는 근면 성실한 근로자로서 회사에도 충실하고, 모든 이들에게 호평을 받았으며 타인의 불행을 동정할 줄 아는 사람이었다고 했다. 그의 말대로라면 나는 힘이 닿는 한 정성껏 오랫동안 어머니를 부양한 모범적인 아들이었다. 나중에는 내 힘으로 안락한 생활을 하게 해드릴 수 없게 되자 연로한 어머니께 양로원이 더 도움이 되리라고 판단했다는 것이다.

"여러분, 저는 양로원에 대해 많은 논의가 있었다는 사실에 놀랐습니다. 국가가 그러한 시설을 지원하고 있다는 사실만 보더라도 그 유용성과 중요성은 증명된다고 생각합니다."

하지만 그는 장례식에 대해서는 아무 말이 없었다. 그게 그의 변론이 가진 결함이었다. 그 모든 말들, 내 영혼에 대해 이야기했던 그 모든 날들과 한없이 긴 시간 때문에 모든 것이 빛깔 없는 물이 되어버린 듯 느껴졌고, 그 속에서 어지러움을 느꼈다.

변호사가 말을 이어가는 동안, 거리에서 들리는 아이스크림 장수의 나팔 소리가 법정을 비롯한 법원의 다른 공간들을 거쳐 내 귀에까지 울려 퍼졌던 것만이 기억에 남아 있다. 나는 이미 내 것이 아닌 내 삶, 그러나 거기서 지극히 사소하지만 잊혀지지 않을 기쁨을 얻었던 추억에 사로잡혔다. 여름의 향기, 내가 좋아하던 동네, 어느 날 저녁의 하늘,

마리의 웃음과 옷차림. 그러자 이곳에서 내가 하고 있는 부질없는 것들이 목구멍까지 치밀어 올랐기 때문에, 나는 이 일이 빨리 마무리되고 감방으로 돌아가 잘 수 있기만을 바랐다. 변호사가 외치는 소리가 희미하게 들려왔다. 배심원들은 순간의 실수로 일을 그르친 성실한 직장인을 사형에 처하지는 않을 것이며, 내가 이미 가장 확실한 벌로 영원한 양심의 가책을 받을 것이니 정상을 참작해달라고 했다. 법정은 심리를 중지했고, 변호사는 지친 듯 자리에 앉았다. 그러자 변호사의 동료들이 달려와 그의 손을 잡았다. "아주 훌륭했어"라는 말이 들렸고, 그중 한 사람은 내게 동의를 구하려는 듯 "그렇지요?"라고 말하기까지 했다. 동의를 하긴 했지만 진심에서 우러나온 것이 아니었다. 너무 피곤했기 때문이다.

어느새 해가 기울고, 더위가 한풀 꺾였다. 한길에서 들려오는 소리를 듣고 나는 저녁의 부드러움을 짐작할 수 있었다. 우리는 모두 법정에서 기다리고 있었다. 그런데 그것은 오로지 나 한 사람에 관한 일 때문이었다. 나는 다시 한 번 장내를 둘러보았다. 모든 것이 첫날과 같은 상태였다. 회색 웃옷을 입은 신문 기자, 자동인형 같은 여자와 눈길이 마주쳤다. 그러자 재판 중에 한 번도 마리를 쳐다보지 않았다는 것이 떠올랐다. 마리를 잊지는 않았지만 할 일이 너무 많았던 것이다. 마리는 셀레스트와 레몽 사이에 앉아 있었다. 그녀는 "이제 끝났어요"라고 말하는 듯 내게 작게 손짓을 했다. 그리고 근심 어린 얼굴로 웃음 짓는 것이 보였다. 그러나 내 가슴은 닫혀버린 것 같았고 그녀의 미소에 답조차 할 수 없었다.

재판이 재개되었다. 배심원들에게 여러 질문이 신속하게 낭독되었다. '살인죄' '계획범죄' '정상참작' 같은 말들이 들렸다. 배심원들이 나가고 나는 앞서 대기했던 방으로 안내되었다. 변호사가 따라 들어와 매우 수다스럽게, 여느 때보다 더욱 자신 있고 다정한 태도로 말했다. 그는 모든 것이 잘될 것이고, 몇 년 동안 금고나 혹은 징역을 치르면 그만일 것이라고 생각하고 있었다. 나는 불리한 판결이 날 경우, 그것을 뒤집을 기회가 있느냐고 물었다. 그는 불가능하다고 대답했다. 배심원의 심기를 건드리지 않으려고 어떤 결론적 요구도 말하지 않는 전략을 택했다는 것이다. 그는 아무 이유도 없이 판결을 철회하지는 않는다고 설명했다. 내가 생각하기에도 납득이 가는 부분이라 수긍할 수밖에 없었다. 잘 따져보면 지극히 당연한 일이었다. 그렇지 않으면 그 숱한 서류들이 쓸모없어질 테니 말이다. "어쨌든 항소할 수는 있습니다. 그러나 좋은 결과가 나오리라 확신합니다"라고 변호사가 말했다.

우리는 오랫동안 기다렸다. 거의 45분 정도는 된 것 같았다. 그때 종이 울렸다. 변호사가 내 곁을 떠나며 이렇게 말했다.

"배심원 대표가 답변서를 낭독할 겁니다. 당신은 판결을 선고할 때에야 들어오게 될 거예요."

문을 여닫는 소리가 들렸다. 사람들이 계단을 뛰어다니는 소리가 들렸지만 내게서 얼마나 가까운지는 가늠할 수 없었다. 그리고 법정에서 나직한 목소리로 무엇인가 낭독하는 소리가 들려왔다. 다시 종이 울리고 피고석의 문이 열렸을 때 내게 밀려온 것은 법정 안의 침묵, 그리고 그 젊은 신문기자가 시선을 피하는 것을 보았을 때의 야릇한 기분이었다. 나는 마리를 바라보지 못했다. 그럴 틈이 없었다. 왜냐하면 재판장이 이상한 말투로, 피고는 프랑스 국민의 이름으로 광장에서 목이 잘리게 될 것이라 말했기 때문이다. 나는 그때 모든 이들의 얼굴에 나타난 감정을 읽을 수 있었다. 배려 같은 것이었다고 확신한다. 경관들은 내게 무척 다정했고, 변호사는 내 손목 위에 그의 손을 올려놓았다.

나는 아무 생각도 하지 않았다. 재판장이 내게 더 할 말이 없느냐고 물었다. 나는 잠시 생각했다. "없습니다"라고 대답했다. 그리고 나는 누군가에게 이끌려 법정을 나왔다.

5

나는 형무소 소속 신부의 면회를 세 번째로 거절했다. 그에게 할 말도 없고, 말을 하고 싶지도 않았다. 어쨌든 조만간 그를 만나게 될 것이었다. 지금 내 관심사는 기계 장치에서 벗어나는 것, 불가피한 것에서 빠져나갈 길이 있는지 알아보는 일이다. 감방이 바뀌었다. 지금 이 감방에서는 반듯이 누우면 하늘이 보인다. 오로지 하늘만 보일 뿐이다. 낮이 밤으로 변해가는 빛깔의 변화를 바라보는 것으로 하루하루가 지나갔다. 나는 거기에 누워서 머리 밑에 손을 괴고 기다린다. 사형수 가운데 이 무자비한 기계 장치에서 벗어난 예가 있었을까, 사형 집행 전에 사라졌거나 경찰을 피해 달아난 사람들은 없었을까 몇 번을 자문해봤는지 모른다. 그럴 때마다 사형 집행에 관한 이야기에 크게 주의를 기울이지 않았던 내 자신을 책망했다. 그러한 문제에는 언제나 관심을 가져야 한다. 어떤 일을 당하게 될지 알 수 없지 않은가? 나도 신문 기사를 읽은 적이 있긴 하다. 분명히 이에 대한 특별한 책들이 있었을 텐데 나는 그것을 들여다볼 생각조차 안 해본 것이다. 어쩌면 거기서 탈출에 관한 이야기를 찾을 수 있었을지도 모른다. 적어도 한 번쯤은 바퀴가 멎어서, 그 거역할 수 없는 절망 속에서 우연과 행운이 변동을 일으킨 사례를 발견했을 수도 있다. 단 한 번만! 어떻게 보면 그 한 번만으로도 내게 충분했으리라 생각한다. 나머지는 내 마음으로 보충할 수 있었을 것이다. 신문에서는 흔히 사회에 대한 죄과를 운운한다. 죄과를 갚아야 한다고 주장한다. 그러나 그런 말은 상상력을 불러일으키지 못한다. 중요한 것은 탈출의 가능성, 무자비한 의식(儀式) 밖으로의 도약, 무한한 희망의 기회를 주는 광란의 질주다. 물론 희망이라고 해봐야 전력 질주하다가 길모퉁이에서 날아오는 총탄에 맞아 쓰러지는 것뿐이다. 곰곰이 생각해봐도 내게 그러한 요행이 허락될 리 없다. 모든 것이 내게 그것을 금지하고, 기계 장치가 나를 다시 붙잡을 것이다.

아무리 그러려고 해도, 나는 이런 턱없는 확실성을 받아들일 수 없었다. 왜냐하면 그 확실성의 근거가 된 판결과, 그것이 선고된 순간부터 확고한 결말까지 진행 과정 사이에 어처구니없는 불균형이 있었기 때문이다. 판결문이 오후 다섯 시가 아니라 오후 여덟 시에 낭독되었다는 사실, 그것이 전적으로 달라질 수도 있었다는 사실, 속옷을 갈아입는 인간들에 의해 결정되었다는 사실, 그것이 프랑스(혹은 독일이나 중국) 국민이라는 지극히 모호한 개념에 의해 선고되었다는 사실, 이 모든 것이 그 결정의 준엄성을 훼손하는 것 같았다. 그러나 나는 선고가 내려진 순간부터 그 결과는 내 몸을 짓누르는 이 벽의 존재와 마찬가지로 확실하고 준엄한 것이 된다는 사실을 인정하지 않을 수 없었다.

그럴 때 나는 어머니에게 들은 아버지 이야기를 떠올렸다. 나는 아버지를 본 적이 없다. 내가 이 남자에 관해 정확히 알고 있는 것이라고는 어머니가 그때 내게 이야기해준 것밖에 없을 것이다. 아버지는 어느 살인범의 사형 집행을 보러 갔었다. 그것을 보러 갈 생각만으로도 아버지는 몸이 아팠다. 그래도 아버지는 그곳에 갔고, 돌아와서는 아침에 먹은 것을 토했다. 그 말을 들었을 때 나는 그가 좀 역겨웠다. 하지만 지금은 그것이 지극히 당연한 일이라는 것을 이해할 수 있다. 사형 집행보다 더 중대한 일은 없으며 그것이야말로 사람들의 흥미를 일으키는 유일한 일이라는 것을 어째서 나는 알지 못했을까? 만약 내가 이 감옥에서 나갈 수 있다면, 나는 모든 사형 집행을 빠짐없이 보러 갈 것이다. 하지만 그런 가능성을 생각해보는 것조차 잘못이다. 왜냐하면 어느 이른 아침 경찰의 경계망 밖에 서 있는다는 생각, 말하자면 사형 집행을 보러 갔다가 토하는 구경꾼이 된다는 생각만으로도 독살스러운 쾌감의 물결이 복받쳐 오르기 때문이다. 하지만 그것은 이치에 어긋나는 일이었다. 그러한 가정에 빠져드는 것은 잘못이었다. 그러고 나서 지독한 한기 때문에 이불 속에 몸을 웅크리고 있어야 했기 때문이다. 턱까지 덜덜 떨렸다.

물론 언제나 이치에 맞는 생각만 할 수는 없다. 예를 들어, 나는 법안을 만들어보기도 했다. 형법 제도를 개혁하는 것이다. 요점은 사형 선고를 받은 자에게 기회를 준다는 것이다. 천 번에 한 번이라도 여러 가지 일을 해결하기에 충분할 것이다. 그렇다면 환자가(나는 '환자'와 같다고 생각한다) 약을 먹어서 열 번에 아홉 번만 죽는 화학적 배합을 고안해낼 수도 있을 것이라 생각했다. 단, 환자 스스로 그걸 알아야 한다는 조건이다. 곰곰이 냉정하게 생각해보면 단두대를 사용할 경우의 문제점은 어떠한 기회도, 일말의 기회도 없다는 것이다. 요컨대, 그렇게 단 한 번으로 환자의 죽음이 결정되는 것이다. 그것은 이미 정리된 사건으로서 확정적 조치요, 기정사실이어서 취소할 여지가 없다. 혹시 어쩌다가 칼날이 빗나간다 하더라도 다시 하게 될 뿐이다. 그러므로 서글픈 것은 사형수로서는 기계가 고장 없이 움직여주기만을 바랄 수밖에 없다는 점이다. 그 점이 바로 결함이라는 것이다. 이건 사실이지만, 또 한편으로는 훌륭한 조직이 되는 모든 비결이 거기에 있음을 인정하지 않을 수 없었다. 요컨대, 사형수는 정신적으로 협력하지 않으면 안 된다. 모든 것이 순조롭게 진행되어야 그에게도 이로운 것이다.

또한 나는 이러한 문제에 대해 여태껏 정확하지 못한 생각을 가지고 있었다는 점을 인정해야 했다. 오랫동안 나는 왜 그랬는지는 몰라도 단두대에서 처형되려면 계단을 걸어 올라가야 한다고 생각했다. 아마 1789년 혁명 때문인 듯하다. 다시 말하면 이러한 문제에 대해 사람들이 내게 가르쳐 주거나 보여준 모든 것 때문이다. 그러던 어느 날 아침, 나는 말이 많았던 어느 사형 집행이 있었을 때 신문에 실린 사진 한 장을 떠올렸다. 사실인즉 기계는 땅바닥에 지극히 간단하게 놓여 있었고, 세상에서 가장 간단한 것처럼 보였다. 내가 생각했던 것보다 훨씬 폭이 좁았다. 좀 더 일찍 그런 생각을 하지 못했다는 것이 무척 우스웠다. 그 사진 속 기계의 정밀하고, 완벽하고, 번쩍이는 모습은 무척이나 인상 깊었다. 사람이란 알지 못하는 것에 관해서는 과장된 생각을 품는 법이다. 그러나 실제로는 모든 것이 매우 간단하다는 사실을 인정해야만 했다. 기계는 그것을 향해 걸어가는 사람과 같은 높이에 설치되어 있다. 마치 사람을 만나러 걸어가듯 그것과 마주하게 되는 것이다. 어떤 의미로는 그것도 서글픈 일이다. 단두대까지 올라가야 한다면 마치 하늘로 승천하는 것인 양 상상력을 발휘할 수 있을 것이다. 반면에 이 기계는 그 점에서도 모든 상상력을 짓눌러버린다. 그저 얼마간 부끄러움을 느끼면서, 상당히 정확하게 슬그머니 목숨이 끊어지는 것이다.

그 밖에 또 줄곧 내 머릿속을 떠나지 않는 것이 두 가지 있었다. 새벽과 항소가 그것이다. 그렇기는 하지만 나는 스스로를 타일러 그러한 생각은 하지 않으려 애썼다. 누워서 하늘을 바라보며 거기에 주의를 집중해보려고 했다. 하늘이 초록빛으로 변했다. 저녁이 된 것이다. 나는 생각의 방향을 돌리려 더욱 애를 썼다. 심장이 뛰는 소리를 듣고 있었다. 오래전부터 나를 따라다니던 그 소리가 멎는다는 것은 상상할 수 없었다. 나는 진정한 의미의 상상을 해보지 못한 것이다. 그래도 이 심장의 고동이 멈추게 될 그 순간을 생각해보려고 애썼다. 헛수고였다. 새벽과 항소는 여전히 거기에 있었다. 마침내 나는 내 마음을 억제하지 않는 것이 가장 현명한 일이라고 생각하기에 이르렀다.

그들이 새벽녘에 온다는 것을 알고 있었다. 결국 나는 밤마다 그 새벽을 기다리며 지낸 셈이다. 나는 갑자기 당하는 것을 좋아하지 않는다. 내게 무슨 일이 벌어진다면, 마음의 준비를 해두는 편이 더 낫다. 그래서 나는 마침내 낮 동안에 조금 자두었다가 밤에는 새벽빛이 천장 유리창 위로 훤히 밝아오기를 꼬박 기다리게 되었다. 가장 괴로운 것은 그들이 보통 그 일을 하러 오는 때라고 생각되는 그 시간이었다. 자정이 지나면 나는 기다리며 동정을 살폈다. 그처럼 많은 소리, 그렇게도 조그만 소리에 귀 기울여본 적은 없었다. 그리고 그동안 발소리를 한 번도 듣지 않았으니 나는 어지간히 운이 좋았다고 할 수 있다. 어머니는 사람이란 전적으로 불행해지는 법은 없다고 자주 말씀하셨다. 하늘이 물들고 새로운 하루가 내 감방으로 새어 들어올 때, 나는 어머니 말이 옳다고 생각했다. 왜냐하면 발소리가 들려와 내 심장이 터지고 말았을 수도 있기 때문이다. 희미한 발소리만 들려도 문으로 달려가 나무판자에 귀를 대고 미친 듯이 기다렸다. 마치 헐떡이는 개의 숨결같이 거칠어진 내 숨소리가 들려와 깜짝 놀라는 일은 있었지만 내 심장은 터지지 않았고 나는 또 한 번의 24시간을 얻게 되었다.

낮 동안에는 줄곧 항소를 생각했다. 나는 그 생각 끝에 최상의 결론을 얻었다고 믿는다. 효과를 면밀히 따져보고 심사숙고하여 최상의 결과를 얻은 것이다. 나는 늘 최악의 경우를 가정하곤 했다. 항소 기각이 그것이었다.

"그래, 그때는 죽을 수밖에 없다."

다른 사람들보다 먼저 죽는 것은 확실하다. 하지만 인생이 살 만한 가치가 없다는 것은 모든 사람이 알고 있다. 결국 서른에 죽든 예순에 죽든 별 차이가 없다는 것도 알고 있다. 어떤 경우든 그 뒤에는 다른 남자, 여자들이 살아갈 것이고 수천 년 동안 그럴 것이다. 그보다 더 명백한 일은 없다. 지금이든 20년 후든 어쨌든 죽게 되는 것은 다름 아닌 나이다. 내 논리를 조금 방해한 것은, 앞으로 다가올 20년의 삶을 생각할 때 마음에서 일어나는 세찬 움직임이었다. 그러나 20년 뒤 같은 상황에 이르렀을 때 내가 무슨 생각을 할 것인지 상상하면서 그 감정을 억눌러버리면 그만이었다. 죽을 바에야 '어떻게' 또는 '언제'는 문제가 아니다. 그것은 명백한 일이었다. 그러므로(이 '그러므로'에 따라오는 모든 추론을 잊지 않는 것이 어려웠다), 그러므로, 나는 항소의 기각을 인정할 수밖에 없었다.

그제야 비로소 나는 두 번째 가정을 생각할 권리를 갖게 되었다. 말하자면 내 자신에게 그것을 허락했다. 두 번째 가정이란 사면을 받는 것이다. 어마어마한 기쁨으로 눈을 찌르는 피와 육체의 약동을 진정시켜야만 하는 것이 곤란한 점이었다. 그 아우성을 억누르고 타일러 이성적으로 따져보기 위해서 전력을 다해야 했다. 첫째 가정에서 단념한 것이 더욱 타당해지려면, 이 두 번째 가정에서도 태연해야만 했다. 그럴 수 있을 때면 한 시간쯤 마음의 평정을 찾을 수 있었다. 이것도 어쨌든 상당한 것이었다.

그즈음 나는 또다시 소속 신부의 접견을 거절했다. 나는 누워서 하늘이 황금빛으로 물드는 것을 보며 다가오는 여름 저녁을 느꼈다. 막 항소를 거부한 상태였고, 피가 내 몸속에서 규칙적으로 휘돌고 있음을 느낄 수 있었다. 구태여 사제를 만날 필요가 없었던 것이다. 처음으로 아주 오랫동안 마리를 생각했다. 퍽 오래전부터 마리에게 편지가 오지 않고 있었다. 그날 저녁 곰곰이 생각한 끝에, 아마 사형수의 정부로 지내는 데 지쳐버린 것이라 결론을 지었다. 어쩌면 몸이 아프거나 죽었을지도 모른다고 생각했다. 그것은 흔한 일이었다. 서로 떨어져 있는 우리의 몸 말고는 이제 우리를 연결하고 서로 생각나게 하는 것이 아무것도 없으니 어떻게 내가 그 사정을 알 수 있겠는가? 아무튼 만약 그렇다면 그때부터 마리를 추억하는 일은 나에게 아무런 의미도 가지지 못했다. 죽었다면 그녀는 더 이상 내 흥미를 끌지 못한다. 그것은 당연한 일이다. 내가 죽은 뒤에 사람들이 나를 잊어버릴 것이라는 사실을 잘 알고 있기 때문이다. 죽고 나면 사람들은 나와 무관해지는 것이다. 심지어 그걸 생각하는 게 괴롭다고도 말할 수 없었다.

바로 그때, 신부가 들어왔다. 그를 보자 나는 몸이 떨렸다. 신부는 나를 보더니 두려워 말라고 했다. 보통은 다른 시간에 왔었다고, 이번 면회는 순전히 우정 어린 방문으로 내 항소와는 무관하고, 항소에 관해서는 아무것도 모른다고 했다. 내 침대 위에 걸터앉은 뒤 나더러 가까이 오라고 권했지만 나는 거절해버렸다. 그러나 그는 매우 다정했다.

잠시 동안 그는 앉아서 무릎에 팔꿈치를 괴고 고개를 숙여 자기 손을 바라보고 있었다. 그의 손은 가냘프지만 근육이 발달되어 있었고, 민첩한 동물 두 마리를 연상시켰다. 신부는 천천히 두 손을 비볐다. 그러고는 여전히 머리를 숙인 채 우두커니 앉아 있었다. 너무 오랫동안 그 자세로 있었기 때문에 나는 잠시 그가 거기에 있다는 것을 잊어버린 듯한 느낌이 들었다.

갑자기 그가 고개를 들더니 나를 정면으로 바라보았다. 그리고 "왜 내 접견을 거부하시는 겁니까?"라고 물었다. 나는 신을 믿지 않는다고 대답했다. 그 점에 대해 확신을 가질 수 있느냐고 묻기에 나는 그것을 자문해볼 필요는 없다고 말했다. 중요하지 않은 문제라고 생각했기 때문이다. 그러자 신부는 몸을 뒤로 젖히고 두 손을 펼쳐 허벅지에 얹은 채 벽에 등을 기댔다. 그는 내게 이야기하는 것 같지 않은 투로, 사람이란 확신을 가질 수 있다고 생각하지만 사실 그렇지 못할 때가 있는 법이라고 설명했다. 나는 아무 말도 하지 않았다. 그는 나를 쳐다보고 캐물었다.

"어떻게 생각하십니까?"

나는 그럴 수도 있겠다고 대답했다. 어쨌든 정말로 내 관심을 끄는 것이 무엇인지 확신할 수 없을지 모르나, 내 관심을 끌지 않는 것이 무엇인지는 명백히 확신할 수 있다고 말했다. 그리고 마침 그가 이야기하는 것은 내 관심을 끌지 않는다고 말했다.

그는 내게서 시선을 돌렸지만 여전히 자세를 바꾸지 않은 채, 내가 너무 절망해서 그런 말을 하는 것이 아니냐고 물었다. 나는 절망한 것이 아니라고 설명했다. 다만 나는 두려울 뿐이고 그것은 당연한 일이라고 했다. "그렇다면 하느님이 당신을 도와주실 것입니다"라고 그는 지적했다.

"당신과 같은 상황에 처했던, 내가 아는 모든 사람들은 하느님께로 돌아갔습니다."

나는 그것이 그들의 권리임을 인정했다. 또한 그들이 그럴 만한 시간 여유가 있었다는 사실을 증명하는 것이기도 했다. 하지만 나는 도움을 받기 싫었고, 흥미 없는 것에 관심을 가질 시간도 없었다.

그때 그가 짜증스럽다는 듯 손짓을 했다. 하지만 곧 그는 몸을 일으키고 신부복의 주름을 바로잡았다. 그리고 나서 나를 '친구'라 부르며 이야기를 시작했다. 그가 이렇게 말하는 것은 내가 사형 선고를 받았기 때문은 아니라고 했다. 그의 의견에 따르면 우리 모두는 사형수라는 것이다. 그러나 나는 그의 이야기를 가로막고, 그렇다고 사정이 다 같은 것은 아니며 어떤 경우라도 위안이 되지 않는다고 말했다. "그야 물론이네" 하고 그가 인정했다.

"그렇지만 만약 자네가 오늘 죽지 않는다 해도 나중에는 죽겠지. 그때도 같은 문제가 생길 것이네. 그 끔찍한 시련을 자네는 어떻게 받아들일 텐가?"

내가 지금 겪고 있는 것과 정확히 같은 방식으로 그 시련을 겪을 것이라 대답했다.

그 말을 듣자 그는 일어서서 내 눈을 똑바로 바라보았다. 그것은 내가 잘 알고 있는 장난이었다. 나는 에마뉘엘이나 셀레스트와 자주 그 장난을 쳤는데 대개는 그들이 눈을 돌려버렸다. 신부도 그 장난을 잘 알고 있음을 나는 바로 알 수 있었다. 그의 시선은 조금도 흔들리지 않았다. 그리고 "자네는 그럼 아무 희망도 없이 온통 죽는다는 생각만 하며 지내는가?"라고 물을 때, 목소리도 떨리지 않았다. "그렇습니다"라고 나는 대답했다.

그러자 그는 고개를 숙이고 다시 앉았다. 그는 나를 불쌍히 여긴다고 말했다. 그것은 인간으로서 견디기 힘든 일이라고 생각한다는 것이다. 나는 그가 성가시게 느껴졌다. 그래서 이번에는 내가 몸을 돌려 하늘로 난 창 밑으로 갔다. 나는 어깨를 벽에 기대고 있었다. 귀담아 듣지 않았지만 그가 다시 내게 무언가를 묻고 있다는 것을 알았다. 그는 불안하고 간곡한 목소리로 말하고 있었다. 그가 흥분했다는 것을 깨닫고, 나는 좀 더 귀를 기울였다.

그는 내 항소가 수락될 것이라 확신하지만, 나는 죄의 짐을 지고 있으므로 그것을 버려야 한다고 말했다. 인간의 심판은 아무것도 아니고 하느님의 심판이 전부라는 것이다. 내게 사형을 선고한 것은 인간의 심판이라고 지적하자 그것만으로 내 죄가 씻긴 것이 아니라고 했다. 죄가 무엇인지 모른다고 나는 말했다. 사람들은 단지 내가 범인이라는 것을 내게 가르쳐주었을 뿐이었다. 나는 죄에 대한 형벌을 받는 것이니 그 이상을 나에게 요구할 수는 없을 것이라고 했다. 그 순간 사제가 다시 일어섰다. 워낙 좁은 감방이라 움직이려 해도 선택의 여지는 없었을 것이다. 그는 앉거나 서야만 했다.

나는 바닥을 내려다보고 있었다. 그는 한 걸음 내게 다가오더니 마치 감히 더 앞으로 다가올 수 없다는 듯 멈춰 섰다. 그러고는 창살 너머로 하늘을 바라보았다. "자네 생각이 틀렸네"라고 그가 말했다.

"자네에게 그 이상의 것을 요구할 수 있네. 그렇게 될 거네."

"무엇을 요구한단 말입니까?"

"자네는 봐야 할 걸세."

"무얼 본다는 말입니까?"

신부는 주위를 둘러보더니 갑자기 매우 지친 듯한 목소리로 대답했다.

"이 모든 돌들이 괴로움에 땀을 흘리고 있네. 나는 그것을 알지. 나는 고뇌 없이 그것들을 바라본 적이 없어. 그러나 나는 마음 깊이 알고 있다네. 자네 같은 사람들 중에서 가장 비참한 사람일지라도, 이 돌의 어둠 속에 나타난 하느님의 얼굴을 봤다는 걸 말이지. 바로 그것이 자네가 봐야 할 얼굴일세."

나는 조금 흥분했다. 몇 개월 전부터 나는 이 벽의 돌들을 들여다보고 있었다고 말했다. 이 세상에서 내가 그것보다 더 잘 아는 것은 아무것도 없었다. 오래전부터 나는 거기에서 하나의 얼굴을 찾으려 애썼다. 그러나 그 얼굴은 태양의 빛과 욕망의 불길을 가졌을 뿐이었다. 마리의 얼굴이었던 것이다. 나는 그것을 찾으려 했지만 헛된 일이었다. 이제는 그것도 지나간 일이다. 어쨌든 나는 그 땀 맺힌 돌들에서 무언가 솟아나는 것을 보지 못했다고 말했다.

신부는 슬픈 표정으로 나를 바라보았다. 나는 벽에 등을 완전히 기대고 있었으므로 이제 빛이 내 이마 위로 흘러내렸다. 그가 몇 마디 했지만 나는 듣지 못했다. 그는 황급히 나를 안아도 되겠냐고 물었다. "아니요"라고 나는 대답했다. 그는 돌아서서 벽 쪽으로 걸어가 천천히 그 위에 손을 갖다 대고는 "자네는 이 땅을 그토록 사랑하나?"라고 작은 소리로 말했다. 나는 아무 대답도 하지 않았다.

그는 퍽 오랫동안 나를 등지고 서 있었다. 그가 여기 있는 것이 마음에 걸렸고 성가셨다. 혼자 있고 싶으니 나가달라고 말하려는데 그가 내게로 돌아서며 버럭 소리를 질렀다.

"아니야. 나는 자네를 믿을 수가 없네. 나는 자네도 한번쯤 다른 삶을 바란 적이 있었을 거라고 확신하네."

물론 그랬다. 하지만 부자가 된다든지, 헤엄을 빨리 친다든지, 입이 좀 더 멋지게 생겼더라면 하고 바라는 것 이상의 의미는 없었다고 말했다. 그러나 그는 내 말을 가로막고 내가 꿈꾼 다른 삶이 어떤 것인지 물었다. 나는 "지금의 이 삶을 회상할 수 있는 그런 삶이요"라고 외쳤다. 그리고 곧바로 이제 더 이상 그런 이야기는 듣고 싶지 않다고 말했다. 그는 또 하느님에 관한 이야기를 하려 했으나 나는 그에게 다가서며 내게 남은 시간이 얼마 없고, 하느님 때문에 그것을 잃고 싶지 않다고 마지막으로 한 번 더 설명하려 했다. 그는 말을 돌리느라고, 왜 내가 자기를 '아버지'라 부르지 않고 '당신'이라고 부르는지 물었다. 나는 화가 나서 그는 내 아버지가 아니고 다른 사람들과 한편이라고 대답했다. 그가 내 어깨 위에 손을 얹고 "아닐세. 나의 아들이여!"라고 말했다.

"나는 자네와 함께 있네. 하지만 자네의 마음이 어두워서 모르는 것이지. 내가 자네를 위해 기도하겠네."

그때, 왜 그랬는지 몰라도 내 마음속에서 무언가 폭발했다. 나는 목청껏 외치며 그를 모욕하고 기도는 집어치우라고 말했다. 나는 그의 신부복 깃을 움켜쥐었다. 환희와 분노가 뒤섞인 울부짖음으로 내 마음속에 있는 모든 것을 그에게 쏟아 부었다. 그는 매우 자신만만한 태도였다. 그렇지 않은가? 그러나 그의 확실성이란 모두 여자의 머리카락 한 올만 한 가치조차 없다. 그는 죽은 사람처럼 살고 있으므로 살아 있다고 확신할 수조차 없는 것이다. 반면 나는 빈손처럼 보일지 몰라도 확신이 있다. 나 자신에 대한, 모든 것에 대한 확신. 그가 확신하는 것 이상으로. 내 삶과 닥쳐올 죽음을 확신하고 있었다. 그렇다. 내게는 그것밖에 없다. 그러나 적어도 나는 그 진실이 나를 꼭 움켜쥔 만큼 나 또한 그것을 꼭 움켜쥐고 있었다. 내 생각은 옳았고, 여전히 옳고, 항상 옳다. 나는 이렇게 살았으나 또 다르게 살 수도 있었을 것이다. 나는 이런 것을 했고, 저런 것은 하지 않았다. 어떤 일은 하지 않았지만 또 다른 일을 했다. 그래서 어떻단 말인가? 나는 이 모든 시간 동안 내 정당함이 인정될 저 새벽을 기다리며 살아온 셈이다. 중요한 것은 아무것도 없다. 나는 그 까닭을 알고 있다. 그도 그 까닭을 알고 있는 것이다. 내가 살아온 이 부조리한 삶 내내, 내 미래의 저 깊은 곳에서부터 아직 다가오지 않은 수년의 시간을 건너서 어두운 바람이 내게로 거슬러 왔다. 그 바람은 그보다 더 사실적일 것도 없는 세월 속에서 내게 주어졌던 모든 것들을 그만그만한 것으로 만들어버렸다. 다른 이들의 죽음, 어머니의 사랑, 그런 것이 뭐가 중요한가? 그의 하느님, 사람들이 택

하는 삶, 사람들이 정하는 운명, 그런 것이 뭐가 중요한가? 단지 하나의 숙명이 나 자신을 사로잡고 나와 더불어 내 형제라고 하는 무수한 특권자들을 사로잡는 것이 아닌가? 그는 이해할까? 모두가 특권을 가지고 있다는 것을, 특권자들밖에 없다는 것을. 그들 역시 장차 선고를 받을 것이다. 그 역시 선고를 받을 것이다. 만약 그가 살인범으로 고발되고 어머니 장례식에서 눈물을 흘리지 않았다는 이유로 처형당한다 해서 그것이 뭐가 중요하단 말인가? 살라마노의 개는 그의 아내만큼이나 가치가 있다. 자동인형 같은 그 자그마한 여자도, 마송과 결혼한 그 파리 여자도, 나와 결혼하고 싶어 하던 마리도 마찬가지로 죄인인 것이다. 셀레스트는 성품이 레몽보다 낫지만, 레몽과 마찬가지로 내 친구라는 게 뭐가 그리 중요한가? 마리가 오늘 또 다른 뫼르소에게 입술을 허락한다 한들 그것이 어떻다는 말인가? 그는, 그러니까 그는 이해할까. 내 미래의 저 깊은 곳에서부터…… 이 모든 외침들에 나는 숨이 막혔다. 이미 신부를 내 손에서 떼어놓은 간수들이 나를 위협했다. 그러나 신부는 그들을 진정시키고 잠시 묵묵히 나를 바라보았다. 그의 눈에는 눈물이 가득 고여 있었다. 그는 돌아서서 가버렸다.

신부가 나간 뒤 나는 마음의 평정을 되찾았다. 기진맥진해져서 작은 침대 위로 몸을 던졌다. 그러고는 잠이 든 모양이었다. 눈을 뜨자마자 별이 보였기 때문이다. 들판의 소리들이 나에게까지 올라왔다. 밤과 대지와 소금 냄새가 관자놀이를 시원하게 해주었다. 잠든 여름의 그 멋진 평화가 밀물처럼 내게 다가왔다. 그때, 한밤의 경계선에서 고동 소리가 울렸다. 그 소리는 이제 나와는 영원히 무관해진 세계로 출발하는 신호였다. 참으로 오랜만에, 나는 어머니를 생각했다. 말년에 왜 어머니가 '약혼자'를 가졌는지, 왜 생애를 다시 꾸며보려 했는지 알 수 있을 것 같았다. 그곳, 생명이 사그라지는 양로원 근처에서도 저녁은 쓸쓸한 휴식 같은 것이었다. 그처럼 죽음에 가까이 다가가서야 어머니는 해방감을 느끼며, 모든 것을 다시 살아볼 결심을 했던 게 틀림없다. 아무도 어머니의 죽음을 슬퍼할 권리는 없는 것이다. 그리고 나도 모든 것을 다시 살아볼 수 있으리라는 생각이 들었다. 마치 그 커다란 분노가 내 괴로움을 씻어주고 희망을 비워낸 것처럼, 이 신호와 별로 가득한 밤을 앞에 두고 나는 처음으로 세계의 부드러운 무관심에 마음을 열었다. 나는 그처럼 세계가 나와 매우 닮았다는 것을, 마침내 세계와 나는 한 형제라는 것을 실감했다. 나는 행복했고, 지금도 행복하다는 걸 깨달았다. 모든 것이 완성되도록, 그리고 내가 외로움을 덜 느끼도록, 내게 남은 소원 하나는 사형 집행 날 많은 구경꾼들이 증오의 함성으로 나를 맞아주었으면 하는 것뿐이다.

옮긴이 김옥진

경희대학교 프랑스어학과를 졸업하고 이화여자대학교 통역번역대학원에서 한불번역학 석사학위를 받았다. 여러 한국 소설을 불어로 번역했고, 현재는 출판번역에이전시 베네트랜스에서 번역가로 활동 중이다. 옮긴 책으로 《그녀를 버릴 수가 없었다》 《어린이 로마인 이야기》 등이 있다.

이방인

초판 1쇄 발행 | 2018년 2월 20일

지은이 | 알베르 카뮈
옮긴이 | 김옥진

펴낸이 | 이삼영
책임편집 | 카후, 고현진
마케팅 | 푸른나래
디자인 | 호기심고양이

펴낸곳 | 별글
블로그 | http://blog.naver.com/starrybook
등록 | 128-94-22091(2014년 1월 9일)
주소 | 경기도 고양시 덕양구 오금로 7 305동 1404호(신원동)
전화 | 070-7655-5949　팩스 | 070-7614-3657

ISBN 979-11-86877-55-5
979-11-86877-49-4(세트)